JN215319

# 金子兜太のことば

石寒太 編著

毎日新聞出版

いま、
平和以上に尊いものなどない。
——金子兜太

平成二十九年十一月二十三日、
名誉会長を務める現代俳句協会
七十周年記念祝賀会に出席。
これが公の場での最後の姿となった。
平成三十年二月二十日、金子兜太没。
その生き方とことばから学ぶことは、
あまりにも多い。
大切なのは、忘れないこと。
すべての日本人にいま、
「兜太のことば」をお送りします。

# 金子兜太のことば

# まえがき

金子兜太さんとの付き合いは、随分長い。学生時代からの交流であるから、もうかれこれ五十年を超えてしまった。

大学時代に俳句を始めたころ、金子さんは既に俳句界の論客で、我々若者たちの間ではスターであった。そのころは何度か我々の句会にも気軽に出席してくれて、適切なアドバイスをくれた。それまで強面で豪放磊落と思われた金子さんだが、思っていたほどでないばかりか、意外と繊細で我々若者には優しく、二回りも年下の私に、時には親父のように、また兄貴のようにアドバイスをしてくださった。その後、その態度は死ぬまで変わらなかった。

金子さんは俳人の枠を遥かに超えて、ものの考え方が巨視的でスケールが大きかった。まず、そこに惹かれた。「嘘を言わない」「やると決めたら一途に貫く」「つらいことでも、誤ったと気付いたら迅速に謝る」「あきらめない」等々――。

会話の中に漏らすことばの片言には、ひとつひとつ教えられることが多かった。日記に書き留めておいたそのことばを、あるとき本人に見せると、恥ずかしそうに「生きている間は、そんなものを披露するなよ、亡くなってからにしてな」といっていた。

晩年の金子さんは、書くことが面倒になったのだろうか、彼が語った対談集や聞き書きなどの本が山のごとく出てくるようになった。特に、俳人・黒田杏子さんとは気が合ったらしく、何冊も本になっている。それを読んでなるほどと納得もしたし、あ、これは自分とはちょっと違うなという部分もあった。だから、この本にもそこでの繰り返しが語られた内容も当然に含まれている。しかし、黒田さんとは異なる、という部分もある。それはそれでいいと思っている。金子みすゞではないが「みんな、ちがってみんないい」のだ。読者はそれぞれの形で、自分なりに「金子兜太のことば」として受け取って、自分の兜太像を発見してほしい。

出典は繁雑をさけてそれぞれその箇所に、ひとつずつは入れないこととした。金子さんから私自身が直(じか)に聞き書きしたノートをもとに、本や新聞・雑誌・ビデオ・テレビその他多くのことばから取り出したものである。参考文献を巻末に記し、明らかにそこにあるものについては出典として明記した。それ以外はすべて金子さん自身から、その時々に聞いたことばの片鱗である。諒とされたい。

この本は、兜太さん生前からすでに進んでいたものであるが、逝去により急拠ご子息の真土さんご夫妻の許可を得て本にした。

金子兜太没後の平成三十年二月　　石　寒太

# 目次

## 第二章 戦争、そして平和 37

## 第四章 兜太の日常 129

## 第五章　人間の存在といのち　173

# 第一章　産土へ

気がついたら私は郷里のことを、
「産土（うぶすな）」ということばで、
詠むようになっていました。
そして、いまでもそう言っております。

産土とは、その人の生まれた原郷、生地のことです。金子兜太の晩年は埼玉の熊谷に暮らしていましたが、生まれは秩父です。外秩父の山を越え平野に出ると丘陵地帯が続きます。そこにある小川町の母の実家で彼は生まれました。小川町は周囲の低い山が和やかで、槻川の流れも小さく静かで穏やかです。ここは紙漉の町で、この川の流れで和紙が漉かれるのです。町には白壁づくりの蔵が多く、武蔵の小京都と呼ばれ、落ち着いた雰囲気がただよっていました。小川町には兜太の祖母がいたので、彼は子どものころときどき泊まりに行った、と書いています。そして、戦争で南洋のトラック島に行くまでは、秩父の皆野(みなの)町(まち)で生活し、育っています。

中学は熊谷中学。家から電車で一時間もかかるところでした。その後県外の高校に通うようになりますが、休暇には必ず実家に帰って、土蔵の中で寝起きしています。夏は荒川での泳ぎに夢中になりました。秩父は、まぎれもなく兜太の「産土」なのです。兜太の句に、

わ れ は 秩 父 の 皆 野 に 育 ち 猪 が 好 き

という句があります。また、後年住んだ熊谷を詠んだものでは、次の句もあります。

熊 谷 に 猪 の 生 肉 食 べ に 来 よ

縄文文化は「山の文化」です。
彼らは海から遠く離れて暮らしていた。
本当に山を身近に感じて暮らしていたんでしょう。
その山にともなって、森がある。そして里がある。

人間には弥生型と縄文型のふたつの型があり、このどちらかに分類される、といいます。そうだとすると、金子兜太は縄文型人間でしょう。縄文は、のっそり急がず、計算ずくではいかないといわれています。そこへいくと弥生型は、相手の出方を見て、しっかり計算しながらすばやく生きる術を身につけています。だから、金子兜太は弥生が嫌いで、縄文いっぺんとうなのです。

縄文は北日本に土着し、アイヌ民族に受け継がれたともいわれます。でも弥生時代以後、渡来人とその文化の影響を受けて、大きく変化していきます。

縄文人は狩猟の生活から農耕民族になって、自分たちの田畑をつくって、それを耕して定住し、自分たちでしっかり自立して仲間の生活文化をつくっていきました。そして縄文の安住生活に、しっかりと定まっていったのです。秩父を産土にする兜太は、当然、縄文でなければならなかったのです。

もともと、兜太の根っこには縄文思想の気をしっかりと張りつめていたのですが、晩年出会った詩人の宗左近（そうさこん）と親しくなり、その思いはさらに強まりました。

兜太の縄文思想は、宗左近と一致し、確実なものになりました。この縄文について、ふたりは座話会で何度も確認し合い、宗左近は『縄文』という詩集を出すまでに至っているのです。縄文仲間、といっていいでしょう。

上海（シャンハイ）は四歳のとき。
幼少期はおのずからなるかたちで、
中国好きをたたき込まれた。
私は、生いたちから、中国好きなんです。

兜太の句集に『詩經國風』（第十句集・昭和六十年）があります。兜太がなぜ『詩経』の「國風」にのめり込んだのか。はじめは一茶が一年がかりで取り組んでいた『詩經國風』に近づきたかった、という単純な理由からだったのでしょう。また、兜太が昭和十三年、旧制水戸高校に入学したころにはじめてつくった俳句は、次の句です。

白梅や老子無心の旅に住む

北原白秋の詩で、老子の旅に触れた作品を読んだばかりのときで、それが頭に残っていて浮かんだ、と後に語っています。

年譜に目を通してみると、二歳のとき、東亜同文書院の校医をつとめることになった父のもとへ行くため、母に連れられて上海に渡っています。ここで四歳まで過ごしていました。たった二年ですが、上海での思い出は驢馬（ろば）から落ちたことや、羊群、朱色の家具、砂場など……、幼い日の原風景は、兜太の心に深く棲みついていて、中国への深い憧憬につながっていった、と思われます。兜太は古代中国と現代日本を自在に往来しています。

秩父の実家の家具調度でも中国趣味が統一され、精巧な彫刻をほどこした簞笥や紫檀の机や鏡台、翡翠飾りの調度、裸の水墨画、唐獅子の置物等々……、それらは中国にいたころからあったもので、少年兜太はいつもそれらに囲まれて遊んでいたようです。

後年になって、兜太はしばしば日中文化協会の招きで中国旅行を重ねています。

昭和五十五年（一九八〇）五月、大野林火を団長とする第一回俳人協会訪中団に加わり、訪中。その後、「海程」同人・会友による中国俳句の旅などでも、香港・桂林・漓江を下り広州まで足を伸ばしています。その後も現代俳句協会主催やその他の誘いで中国の北京・西安・蘇州旅行をしています。さらにその後も数年おきに中国を旅し、日中漢俳交流会に出席、中国人たちと交歓を深めています。

金子兜太の第一のふるさとは秩父、それは間違いありませんが、幼いころに親しんだ中国は、短かったとはいえ確かに兜太の胸の奥底にあった、第二のふるさとともいえるでしょう。

中国・上海にて父・元春と（大正12年頃）。父は東亜同文書院校医として上海に渡り、兜太も2歳から4歳まで上海で過ごした

母・はると（大正9、10年頃）

母は、
「俳句をやってはいけない。
あれは喧嘩だからね」
と、いいつづけていた。

母、はる。この母を兜太は「一言でいうとかわいいおふくろ」、と呼んでいます。

大正のはじめ、十六歳で父、元春と結婚、十七歳で兜太を産みました。父の元春が医院を開業した当時、金子家には、祖父母もいて、父の他に四人の姉妹が同席していました。母はるは小姑を抱えてじっと耐え、いじめられて非常に不幸だったといいます。

兜太の父は伊昔紅（いせきこう）の俳号を持つ俳人で、家には月に一回、秩父の元気のいい青少年たちが集まり、句会に興じていたようです。句会の後の酒宴になると、必ずといっていいほど最後は喧嘩がはじまり、それを嫌がる母は、兜太に向かって「俳句なんぞやってはいけないよ、あれは喧嘩だからね」、そういいつづけていました。

小学校から中学校へと進む間、何かといえば顔をしかめて、「句会の仲間なんかにならないでね」という母。兜太自身も俳句はやるまい、そう心に決めていたのです。でもその誓いは後に破られることになりました。旧制水戸高校で出会った一年先輩の出沢珊太郎（さんたろう）（本名三太）によって句会に引き込まれ、まんまと俳句のとりこになってしまったのです。

そんなわけで、兜太はとうとう俳句の道を歩みはじめることとなり、それが兜太一生の仕事につながっていくことになったのです。

おふくろは、「与太（よた）」「与太」といってね。
まあ、そういわれても仕方がないけれどね。

開業医の父のあとを継いで、兜太が医者になってくれるものとばかり思っていた母・はるは、息子が経済のほうに進んで医者にならないとわかると、「お父さんに申し訳ない。お前が跡を継いでくれないので、私は困るよ」といい、それからは兜太を「与太」と呼ぶようになった、といいます。

亡くなる前に、病院に見舞いに行った兜太を迎えた母のはるは、「ああ、与太が来たね。与太バンザイ」といったそうです。非常に明るい母親でした。

夏の山国母いてわれを与太と言う

金子兜太が生まれたのは、大正八年（一九一九）。兜太を取り上げたのは、はるの四人姉妹の二番目、出戻りの助産婦の姉だったといいます。その伯母が兜太に生まれてきたときの様子を話してくれました。「あんたの母親は骨格がしっかりしていてね。うんこのように〝ぽろっ〟と、お前を産んだんだよ」。それを後年俳句にしたのが、

長寿の母うんこのように我を産みぬ

このように、誰かがぽろっと呟いたことばが、そのまま俳句になることがあります。この句も、伯母の漏らした一言が「うんこ」の句になりました。そこにユーモアがあります。

私にとって、
母親からの影響力はとても大きい。
やっぱり、父より母親のほうが、
断然強いですね。

母のはるは、一〇四歳までの長生きでした。

「私は母の遺伝子を受けているから、まあ、長寿ですね。百歳は軽くクリアするでしょう。もっと長生きするかもしれない」。これはいつも口にしていた兜太のことばです。

母は、秩父の向こう側、関東平野の人。育ちのいいお嬢さまだったようです。嫁ぎ先は、当時の嫁にとっては典型的な、嫁いびりの環境にあって、気苦労が絶えませんでした。兜太は子ども心にも母親がかわいそうだった、と回想しています。

それに重なって紙屋の番頭をしていたはるの実家が没落してしまいました。金銭トラブルや芸者遊びなどの不始末もあり、実家の没落によって、母はさらにきつく当たられました。

そんな母親を見た兜太は、「自分は家を継がない。それよりも経済を勉強して母を助けてあげたい」、そう心に決めて父に話すと、「ああ、いいよ、好きなことをやりなさい」。

医者でありながら、父も医者が嫌いだったのではないか、と兜太はいいます。

つらい日々でも、母はるは少しも苦労のそぶりを見せず、その明るさに救われた兜太。

「男の子は、父親よりやっぱり母親ですね」。

誰もがそうであるように、兜太も母親が大好きで、その影響力が強かったようです。兜太の明るさややさしさも、母ゆずりかもしれません。母親のことを話す兜太は、いつもにこやかでとても幸せそうに見えました。

父は変な男でしてね。
医者嫌いで医業になった男なんです。
へんな義侠（ぎきょう）心がありまして、
赤ひげだ、といわれて喜んでいました。

兜太の父親は、子どものことにはほとんど無関心でした。

父の祖父というのがまた道楽者で、あまり農業をしたがりません。家は秩父街道に面していて、養蚕業と兼業でうどん屋をやっていたというのです。あまり豊かなほうではなかったらしく、何かというと親戚連中が集まって話をし、そんな中で、「医者のひとりふたりつくっておかないと、誰かが病気になったときに困るよ」という話が、家族会議のときに持ち上がり、金子家の中で医者になりそうな人を探そうということになりました。そんなわけで父親の元春に白羽の矢が立った、というわけです。

父親は、何か気に入らないことがあると、すぐに手をあげ、ひっぱたく。

「へんな男でしたが、そのくせいいところもあった」。

貧しい医者だったので、農家からの薬代はほとんど取らず、父・元春は皆から「赤ひげ先生」と呼ばれていました。「外面（そとづら）がよかったのかも」、と兜太はいいます。

特に父親は野糞が大好きで、いたるところで野糞をし、往診の帰りもところかまわず、山の上までテクテク登っていって糞をし、兜太に向かって、「お前もやれ！」とけしかけたそうです。野糞について父は「香草記」という随筆も書いています。「これは名随筆だ」と見せびらかしていた。兜太が読んでも、けっこういける文章だった、と書いています。

「それから麺類や野菜を食うとガスがたまる、そうするとところかまわず放屁する、それがたまらなく楽しいといってました。まったく変な男でしたね」と兜太は語っています。

そんな父を、母親はいつもひやひやしながら気遣っていた、というのです。

この父親について、後に兜太は、こんなふうに語っています。

「秩父音頭の歌詞を作ったのも親父の元春なんです。それまでは「秩父盆踊り」「秩父豊年踊り」とか呼ばれて、卑猥な文句の踊りでした。歌詞も踊りもね。それが昭和五年の明治神宮遷座祭の十周年を記念して、秩父音頭が奉納されることになりましてね。父親が歌詞を、祖父が踊りを作り直しました」。

父・元春は伊昔紅という俳号で、水原秋桜子の主宰する「馬酔木」内で、秩父の俳人たちを束ね、自宅では月に一回句会を催していました。秩父の俳句好きの青年たちが集まってくる句会を、兜太は楽しそうにながめていました。ですから、子どものころからもう俳句的な雰囲気は整っていた、といってもいいのかもしれません。

旧制熊谷中学校
1、2年の頃
（昭和7、8年）

東京帝国大学2年生の頃
（昭和17年）

今はこんなに長生きしているけれど、
実は小学校時代は、病弱でした。

兜太は小学校の三、四年のころ、体が弱くて一ヶ月くらい学校を休んだことがあります。そんな兜太を見て、海好きだった父は、夏休みになると房総半島に水泳に連れていってくれました。知り合いが千葉で民宿をやっていて、兜太を一ヶ月、海の家で預かってくれたのです。兜太は喜んで泳ぎを覚え、家族から離れて自由に下宿した時があるといいます。次の年は富津、さらに翌年は小湊の千倉と、三年間、夏休みはずっと房総半島で過ごしました。それがよかったのか、体質が変わってすっかり丈夫になったのです。とにかく三年にわたる夏の海暮らしで、すっかり元気を取り戻しました。

子どものころの兜太は、自分でもよくいっているように「餓鬼大将」でした。そのころは満州事変の影響で「戦争ごっこ」がはやり、その指揮官などをやって、とてもいい気分だったといいます。「お前走れ！」なんて命令し、皆を運動させたのだそうです。

荒川辺には林がたくさんあって、その中を飛び回るのが楽しかった。そこにはウルシの木がたくさんあって、ウルシにかぶれても、治るとすぐにまた飛び回って一日中遊びました。そんな繰り返しを回想しています。麦畑を荒らしたり、そこからとれる小麦粉で麺をつくったり、それを父の元春は「子どもは元気がいちばん」と、笑いながら自由にさせてくれたそうです。父ののびやかな気性も、兜太は大いに受け継いでいるのでしょう。

みな子は、土のよき理解者、
産土のよき推進者という感じでしたね。

昭和二十一年、兜太は最後の引揚船駆逐艦「桐」で復員。そして翌年、日本銀行に復職し、四月に塩谷みな子（俳号・皆子）と結婚しました。産婆のおばさんに「兜太、野上の目医者にいい娘がいるから行ってみろ」といわれ、たまたま遊びに来ていた堀徹（ほりてつ）という俳句の先輩とふたりで行ったところ、「兜太、あの娘はいいぞ、結婚しろ」といわれて、結婚することになったのです。みな子の父は白内障の治療で名高い眼科医でした。駅からその落合眼科病院へ行く道の両脇には旅館ができて、そこに多くの患者が泊まっていた時期もあったほどの繁盛だったといいます。ですから、みな子はお嬢さんで育ちわりあいに楽な生活をしていたのに、結婚して大変苦労をかけてしまった、と兜太は後悔しています。日銀の行員とはいえ、組合運動にうつつをぬかしたために、福島・神戸・長崎などの地方勤務を命じられ、十年間は本社に帰ってこられなかった時代があったからです。いわゆる、冷や飯の時代です。

みな子は、東京に住んでいたとき、「あなたはこんなところにいたらダメ、地に足をつけて住まないと堕落してしまう」といい、熊谷に家を建てて住むようになりました。それはすべてこのみな子のことばがきっかけになったのです。地方勤務を命ぜられたときも、文句もいわず一緒についてきてくれました。「いちばん頼りになり、自分のことをもっとも理解してくれたのは、みな子だった。特に齢をとってから、その気持ちはいっそう深くなった」。兜太が晩年まで自由人として振る舞えたのも、みな子夫人のおかげでした。

妻・みな子が俳句に目覚めたのは、
病気になってから。
死を覚悟してから
本気で俳句をつくるようになりましたね。

妻・みな子が亡くなったのは、平成十八年（二〇〇六）三月二日のことです。享年八十一でした。このとき兜太は、

亡妻いまこの木にありや楷芽吹く　　兜太
合歓の花君と別れてうろつくよ　　同

の句を手向けました。この世でいちばん頼りにしていた妻の死にとまどい、おろおろして悼む気持ちがよく表れていますね。同年六月十九日、東京・丸の内のパレスホテルで「金子皆子さんお別れの会」が開かれました。お別れのことばを俳人の宇多喜代子さんと西澤實さん（元日本放送作家協会理事長）が述べました。

花ぽとり散りまだ咲いています　　皆子
ただ人を待つ霧の白粥すすり　　同

これは、病床でみな子がつくった俳句です。「自分が遺すのは、俳句しかない」そう決心していたそうです。

兜太は、「生活と俳句は両立できない。あれもこれも手を出すのは二流、三流の人間でしょう。みな子の場合、どちらも一流だからふたつのことを両立できなかった」といって

います。兜太はまた別のところでは、こうもいいます。

「彼女は感性が美しく透明だ。いい女だと思っています。品性の非常にいい人だと思います。そして才能豊かだと思います。皆子が俳句をやる、といいだしたとき、「ああ、いいね。大いにやったらいい」といって勧めました。私は、この女は明るい冴えた感性の人だから俳句にもいいんじゃないかなと。特に現代俳句にはいいんじゃないかと。だからどんどんつくってもらう、そういう気持ちでしたね」。

春の土竜の産土いたわりて亡妻よ　兜太

これは、二〇一七年一月の「俳句」に載せた兜太の句です。

ふるさと秩父と、その「産土」を大切に地に足をつけて踏みしめなさいよ、といってくれたみな子夫人のことばから成った句でしょう。この「土竜」はみな子夫人の化身かもしれません。俳句の伴走者であり、ライバルであったふたりは、いまごろどこかを散歩しながら、にこやかに吟行しているかもしれませんね。

神戸時代(昭和28～33年)の日銀行舎にて、妻・みな子、長男・真土とともに

妻・みな子と。中国・杭州にて(平成8年)

## 第二章

# 戦争、そして平和

みんな戦争に浮かれていた。
あのころはね。
大人たちは戦争をやれば楽になれる、
本気でそう思っていたんでしょうね。

兜太は秩父の田舎育ち。地元はほとんど皆戦争論者でした。そんな影響を受けて育ちました。士気を高めるためには、そうするしかなかったようです。二・二六事件の将校たちは東北出身者が多く、地元の貧困を救うために立ち上がりました。だから、五・一五事件とか二・二六事件の青年将校たちを、皆尊敬の念で迎えました。もともと、二・二六事件では、陸軍皇道派の青年将校たちが当時の陸軍の中枢を占めていました。農村や漁村の窮状をまったくわかっていない統制派のエリートたちに国家改造などできない、そういうことで、昭和十一年二月に皇道派の影響を受けた青年将校らが動いたことが発端となりました。

青年・兜太は、殺されたのは誰でもいい、将校たちは偉い人なんだ、そんなふうに思っていたようです。戦争さえあれば一般の庶民たちは救われるんだ、そんな誤った知識を抱かされて成長したのです。皆戦争へ戦争へと傾くようにしむけられていました。

ところが、兜太は大学で経済を学ぶようになると、「アメリカを相手にしてもとても敵わない」と思うように変りました。理論的に考えても、とうてい勝てる見込みはない、そう頭の中で考えて、おのずと「戦争反対」へ傾いていったようです。けれども、青少年のころからすり込まれた思想は、そう簡単には変えられません。周囲が皆同調してくると、戦争反対とはわかってはいても、モヤモヤした中で、次第に「オレは戦争に行って、家族を守ってやるんだ」と思いはじめ、やがて大戦のトラック島へ出征することになったのです。

海軍に入ると心を決めてしまうと、
むしろ颯爽(さっそう)とした気持になった。
オレが戦争に行くんだ、
そういう、妙にヒロイックな気持になりましたね。

出征前、東京帝国大学の経済学部を繰り上げで卒業すると、日本銀行と海軍主計短期現役の試験を受け、ともに合格の報を受けたのです。いろいろ迷った挙句、たとえ国家の体制が変わったとしても中央の銀行は残るだろう、そう考えた兜太は、一応銀行に就職。三日間、現金出納係として勤め、三日分の給料と退職金をもらって辞め、東京品川の海軍経理学校へ入ることにしました。

海軍主計短期現役制度というのは、全国の法経系大学の卒業生を対象にしたもので、六ヶ月の教育訓練で海軍主計局の中尉に任命されるという制度です。だから一兵卒から鍛え上げられるより、ずっと楽なのです。いずれ戦地へ出て、国のためになるのなら、楽なほうを選ぼう、兜太はそう考えていました。そして、いつか日本に帰ってきたら、いつでも日銀に復職できる、そういう約束を取りつけて海軍へ入ろう、そう決意を固めました。そうと決まるとむしろ心は落ち着き、「戦争に行くんだ」、という気持ちに切り替わったのです。

士官手当はずいぶん高額でした。でも、兜太は「そんなものはいらない」、とそれを全部親戚中に配って歩きました。「だから、オレは親戚に評判がよくってねぇ。故郷の皆野を出征するときには、親戚はもちろん、村人たちが皆集まって旗を振って送り出し、まるで英雄扱いだった」と、後に語っています。

兜太の高揚感はピークに達していました。俳句仲間も集まって、皆野町の生家で歓送会が開かれました。そこには俳句の師、加藤楸邨（しゅうそん）をはじめ、父の伊昔紅も駆けつけ、庭の大きな秩父の青石のまわりを、輪になって踊りました。

楸邨は、

鵙の舌焔のごとく征かんとす

と、兜太に餞（はなむけ）の句を送り、また兜太は、

秋の灯に溢（あふ）れし友よ今ぞ征かむ

と、それに応え、意気込んで出征していきました。

海軍経理学校時代。後列左から三人目に兜太（昭和18年）

生まれるときも裸、死ぬときも裸。
ということは、人間裸一貫なんだからね。
死ぬ覚悟は、しっかりできていました。

兜太の歓送会の最後に、伊昔紅・兜太親子が「秩父音頭」を踊ったことは、師の加藤楸邨がエッセイに綴っています（「あとがき」参照）。会が終わりに近づくと、感激屋の父が立ち上がって、「兜太、お前裸になれ！」と命令し、自分も真っ裸になって現れました。兜太はこのときのことをこういっています。「永遠の別れになる。そんなことが脳を横切ったのかもしれません。照明が落ちました。舞台が暗転し、明かりがついたときは、私と父は一糸まとわない素っ裸でした。舞台の上に立った私たちは、父の作詞した秩父音頭を踊りはじめました。楸邨先生はそれにえらく感激したようでね。その姿がすごく崇高に目に映ったらしく、その後、エッセーに書いてくれています」。

遡（さかのぼ）って昭和十八年四月あたりが日本の転換期、山本五十六（いそろく）が亡くなったころです。ですから、昭和十八年秋から十九年といえば、日本はもう完全に負け戦さの戦況でした。出ていけば必ず死ぬ、そう覚悟を決めなければならない時代に入っていました。そのころに兜太の歓送会が開かれたのです。兜太は、いいます。「踊りながら、私は死んでもいいかな、そう思っていました。民族のためにいのちを捧げる。もし万が一にも勝利すれば、秩父の連中をはじめ、日本は豊かになる、そんな馬鹿みたいなことを思っていましたね。その一方で、理論的には、どうせ負けるんだ、ということもどこかではっきりとわかっていました。妙な状態ですね。やっぱりそれは、若さのせいでしょうね」。

トラック島は想像以上のところ、
もう、完全に機能不能になっていました。

昭和十九年（一九四四）三月、横浜の磯子から、海軍の通称二式大艇という飛行機でトラック島へ。サイパン島で一泊し、サイパンからトラック島へ向かう途中の、暗くなりかけたころ、アメリカのグラマン戦闘機に襲われました。でも一機だったのでなんとか難を逃れてトラック島へ。降りたときは「ああ、とうとう戦場へ来たんだな」と思いました。

トラック島は、アメリカの機動部隊の艦隊機に二日連続で空襲を受けて、航空機二七〇機を失い、艦船四三隻を沈められていました。基地にはまだその飛行機の残骸があちこちに散らばり、壊れた輸送船が横転して空に胴体を向けて沈んでいました。分かってはいましたが、「やはり」という気持ちが深まりました。

トラック島は、東京から南へ約三五〇〇キロ、周囲二〇〇キロ、サイパンやグアムのように海上にポツンと浮かぶ島ではなく、二四八もの島からなる群島なのです。

主な島は、春・夏・秋・冬の四季の名前が付けられ、中心基地となった夏島には南洋庁の支庁が置かれ、月曜・火曜と曜日の名が付された七曜島が配置されています。零戦の基地があった竹島を中心に、薄島（すすき）・楓島（かえで）・芙蓉島（ふよう）などの植物の名を冠した島もありました。

島の周囲は大きな環礁が取り巻いているために、波はとても穏やかで、艦隊の停泊地としては格好の場所でした。ここには、海軍の連合艦隊の拠点として、一時は武蔵・長門・大和などの日本が誇る大型戦艦も碇を下ろしていました。

しかし、兜太が上陸したころにはすでに戦況が悪化していて、もうほとんどの在留邦人は内地に引き揚げてしまっていました。赴任したころには日本人は陸海軍の総勢約四万人でした。このころ第四海軍施設部隊の工員だけでも一万人。俠気(おとこぎ)を負って、「勇ましくやってやろう」と気負ってきたものの、基地も港も米軍の爆撃でほぼ壊滅状態でした。〝死守せよ〟、それだけが任務という、とんでもない状況のところだと、気付いたときはすでに遅かったのです。

ソビエト連邦
オホーツク海
カムチャッカ
樺太
満州国
千島列島
太平洋
中国
南京
日本
沖縄
硫黄島
台湾
マリアナ諸島
ルソン島
テニアン島
サイパン島
フィリピン
グアム島
レイテ島
トラック諸島
マーシャル諸島
ミンダナオ島
ニュー・ブリテン島
ラバウル
ブーゲンビル島
ニューギニア
ブイン
ソロモン諸島
ガダルカナル島
オーストラリア

トラック諸島周辺地図

目の前で手が吹っ飛んだり、
背中に大穴があいたりして死んでいく。
いかつい奴らが、やせ細って、
まるで仏みたいに死んでいった。

兜太はいろいろな著書の中でトラック島での、人間の死に方を分析、分類しています。それは、

①グラマン戦闘機にぶち抜かれての死。

②手榴弾の爆発による死。

③餓死。

④カナカ族の食糧、また女性略奪の結果、カナカ族に殺された死。

⑤男色などが原因の仲間同士のいさかいによる死。

⑥その他。

です。

米軍に爆撃されたときも、悲惨なものでした。防空壕が足りなくなってしまい、工員たちが中に入れなかったのです。それによって多くの人が死なざるを得なかったのです。

上層部の連中には、「ここは戦地なんだから、人間は死ぬのがあたりまえ、まして土木作業員のひとりやふたりは……」、という考えがありました。艦隊司令部の施設参謀の中には、「ここは土木作業の現場なんだから、誰が死のうが、気にすることはない、どうってことはないのだ」などと、平然とうそぶき、いい放った人もいたようです。

米軍爆撃のときは、特にみじめだった、と状況を語っています。

「掘っ立て小屋が一発の爆撃によって吹っ飛んでしまいました。三十人くらいの人間が死にました」。伏せっていたとなりの人が動かないと思うと、もう息が絶えていて、あっという間に撃ち抜かれていたのに、気付かなかったのです。

「左の人をみると手や足がバラバラになり、首からストーンと飛び、腹には穴があいている。おかしいのは男根までが妙にハッキリ宙へすっ飛んでいくのです。でも、それは実に残酷なものです。笑うべき状況なのに、実に悲しいのです。いろいろな気持ちが錯綜した風景は、まったく耐えられないものでした」。

どの顔も、死んでしまうと仏のようで、静かで拝みたくなるようだった、といいます。

軍という組織は、上下の関係がないと成り立たないのも事実。そうでなければ戦えない、そんな悲しい気持ちになりました。

トラック島にて。海軍主計中尉のころ（昭和19年）

明らかに死んでいても、
仲間たちは放ってはおかない。
ああ、人間って、いいもんだ。

戦況が最悪となり、トラック島には武器も弾薬も、食糧すら途絶えるようになりました。そこで、武器不足を補うために、工作部が手榴弾を製造して、それを実験することになったのです。空の薬きょうを集めてそれに火薬を詰め、爆発するかどうか試そうという実験が行われました。兜太の部隊は兵隊よりも工員が多いのです。工員は兵隊以下、危険なことは軍人ではなく、皆工員たちの仕事です。明らかな差別ですが、それが戦場なのです。

金子中尉のところにそのお鉢が回ってきて、手榴弾実験をやることになりました。「誰かやる者はいないか？」というと、見栄を張るのでしょう。英雄になりたいのか、「私、やります」と名乗り出た工員がいました。その手榴弾が、不幸にも硬いところに当たって暴発してしまったのです。あっという間に右腕が吹っ飛び、出血はせずに肉だけがえぐられて即死してしまいました。兜太は、その直後のことを、実に印象深く語っています。

「心臓に破片を受けたんですね。その倒れた死者を十人ほどの工員たちがかつぎあげ、二キロほど離れた病院へ連れてゆくために走り出したのです。病院といっても掘っ立て小屋に毛の生えた程度の小さなものです。でも、明らかに死んでいても、仲間は放っておかない。「ワッショイ、ワッショイ」とかついで必死に走る。その背を見ながら、「ああ、人間って、いいもんだ」と、そんなふうに思っていました」。

そのとき、兜太の人間への認識が変わった、とも回想しています。

「(もともと工員たちには) 聖戦の大義なんてものはありません。南洋にいって一旗あげよう、その程度の考えでこの戦地にやってきた者ばかり。けれども、死に瀕した仲間たちは放っておけないんですよ。もう死んでいるとわかっていながら、何か放置してはおけない、そんなわけのわからない、不思議な気持ちが、ワッショイになってしまったんですね。ああ、人間っていいもんだ」。

このかけ声は、戦争が終わった後でも、兜太の目の奥にいつまでも残って、ずっと尾を引いていたようです。このことは、いろいろなエッセイに書かれ、対談にもいつも登場してきています。よほど印象深かったのだ、そう思います。

トラック島にて。後列右から三人目に兜太(昭和19年)

餓死するのは、本当に飢えるのではなく、
食べてはいけないものを、
耐えきれずに食べてしまうからです。

兜太の部下だった工員というのは、規律などには根っから無縁な連中ばかりで、特に食べ物には我慢ができない集まりだった、といいます。彼らは腹が減ると、そこら辺にあるものを、やたらめったら何でも口にしてしまいます。島には「南洋ほうれんそう」と呼ばれる青くておいしそうなやわらかい草が、そこらいっぱいに生えていました。海水を汲んできて、それをグツグツと煮込むのです。それをうまそうに食べるけれども、その後必ず下痢をしてしまう。下痢をした後には、ほとんど死んでしまう。

また、手榴弾を海の中へぶち込むと、その衝撃によって魚が水面に浮いてきます。その中には河豚（ふぐ）なども交じっているのですが、河豚のキモなど調理できないコックが大半です。それを工員たちは、「うまい、うまい」といって食べてしまいます。食べた工員は、そのままお陀仏となるのです。あるとき、鍾乳洞でコウモリを発見しました。工員たちはそれを袋に詰め込み、焼いて食べます。それからトカゲ、これもつかまえて食べる。焼鳥の味がしたそうです。うまそうだけれど、それらを食べた工員たちも、やがて下痢を起こして、死んでしまうのです。トラック島には蛇や蛙はいなかったようです。

でも、とにかく食物不足だったので、食べられそうなものは、何でも食べる。だから、本当の餓死というより、食べてはいけないものを口にして、死んでしまう、そんな人たちが大半だった――。兜太はトラック島での餓死の実態について、そのように語っています。

自分は主計中尉なので、
何でもすぐに計算してしまうことが、
身についてしまった。
「これだけの藷があると、
あと何人死んでくれると、あとのみんなが助かる」、
そんな計算ばかりしていた。

戦争から帰った兜太は、このことばを何度も口にしつつ反省し、悔いています。

トラック島での写真を見ると、妙に眼鏡だけが目立って、目はくぼんで落ちこんでしまいぎらぎら油切り、頬の肉はなく、色白で痩せ細っている写真だけが残っています。後年の丸顔ではつらつ、精悍（せいかん）な兜太とは似ても似つかない、そう思う人が多いことでしょう。

主計中尉といって、位は偉そうですが、現実はといえば食糧係。島に渡った兵や工員たちに食べ物を配布するのが、兜太のもっぱらの役目でした。

食糧にありつけない人たちは餓死していくしかない、そんな状況の中に、兜太は本当に苦しんでいました。その一方で、掲出のことばにあるように、何人死んでくれたら何人が生き残れるか、そういう計算もしっかりと頭にはあったのです。絶対的に不足している食糧対策を、いかにして乗り越えていくか、という役目も背負わされていたのです。

その狭間にあって、餓死する人の前で、自分だけが食って生き延びたらいい、そんなことが考えられるわけがありません。他の人に食糧を与え、自分はろくに食べずに生活する毎日が続きました。げっそりと痩せた兜太の写真は、まさにそのころの姿なのです。

この体験は、「あんな悲惨な戦争を二度と繰り返してはいけない」という、戦後の兜太の思想に大きく影響しています。戦争は人間を麻痺させる。戦争体験を語りつづけることで、若者たちを戦場に送るようなことを止めなければ。そのとき以来の決意となったのです。

陸・海軍の有志を集めて、トラック島で句会をした。
それは、悪い戦況を少しでも明るくするためだった。

サイパン島が陥落したとき、矢野兼武（かねたけ）（筆名、西村皎三（こうぞう））という元上官が戦死しました。彼は有名な詩人で、ペンを持つ手に剣を持たざるを得ず、戦場に来てしまった人です。その彼が、「金子、句会をやれ。戦況悪化でトラック島は孤立し、いまに食糧が逼迫（ひっぱく）する。グラマン戦闘機の空襲は続き気を抜くことがなく、みんなの気持ちは暗くなる一方。だから句会をやって、皆を慰めてくれ」といって逝ったことばが、兜太の頭の隅をずっとかけ廻っていました。

矢野中佐は慧眼でした。その後、島は彼のいったとおりの惨状と化していきました。兜太は「あの詩人の魂を受け継がなくてはいけない」、そう思って句会を開きました。

幸運だったのは、当時散文詩をやっていた西澤實（戦後、放送作家）が陸軍の少尉として島にいたことでした。その男に相談したところ、「それはいいな、手伝うよ」と即決し、仲間を集めてきてくれたのです。夜ならランプでやれば米軍も気付かない、そんなことで山の上の西澤の小屋を句会場に、句会がはじまりました。句会では、位の上も下もありません。将校も工員も一緒になって、いいたいことをいい合えるのです。

数人ではじめた句会はたちまち、噂を聞きつけた人達が集まり、十数名を超えて広がりました。陸軍も海軍も、軍の階級もまったくなし。平等でいいたい放題の句会で、季語も定型もない、自由闊達な精神があふれる、人間同士の付き合いの場となりました。

三・一一の震災・津波での死、戦争の死、
それは、自分の意志ではなく、
人間の殺戮死です。これはいけない。

人間の死にはいろいろなあり方がある、と兜太はいっています。「自然死」というのが人間本来の死に方であって、人によって長短はあるものの、それぞれが自分に与えられた人生を一生懸命せいいっぱい生きて天命をまっとうし、ごく自然に亡くなっていくこと。それが本来の自然の生き方です。

でも、もうひとつ、その人の意志とは関係なく、いのちを絶たれてしまう場合がありま す。交通事故死もそのひとつ。また、三・一一のように津波や原発が引き金になって、いのちが絶たれる場合。そして、本人が希望しないのに戦場に行かされ、そこで無念の死を遂げることもあります。兜太は、後者を「殺戮死」と呼んでいて、その中でも一番いけないのが、戦争による殺戮死だ、というふうに位置づけています。

人はこの世に生を受けた以上、与えられたいのちを自分なりにまっとうして自然に死んでいくべきである、そういう考えは、戦争を体験したからこそ得た、金子兜太の生き方の根っことなって、定着していきました。それが、後にいう「他界説」にもつながります。

戦後、帰還した兜太は、繰り返し繰り返し戦争による殺戮死の悲惨さを語りつづけます。原発も戦争も災害も、人間が引き起こしてはいけない。何人(なんぴと)も、何の理由があろうとも、それには賛成・加担してはならない。兜太の思想は一貫しているのです。

原爆が投下された。
その時、私の中では妙な批判の気持ちばかりで、
こころに期するものなど、何もなかったですね。

兜太は、戦後、

彎曲し火傷し爆心地のマラソン

という俳句をつくっています。

また、

原爆許すまじ蟹かつかつと瓦礫歩む

とも詠んでいます。

前句は、赴任先が神戸から長崎に移って三年目、爆心地の山里地区周辺の黒焦げの大地を走っているマラソン風景から、爆心地を映像的に詠んだもの。後句は、当時「原爆許すまじ」と、広く叫ばれていたころのこと、それらを句にしたものです。どちらも兜太の句としてはよく知られたもので、『金子兜太句集』に収録されています。

前句は客観的に、後句はスローガン的に詠んでいて、それぞれの兜太の特徴がよく出ています。

兜太は、昭和三十三年から三年ほど、日本銀行の長崎支店にいました。長崎の爆心地は、隠れキリシタンのいたところで、山里地区には農家が多く、貧しいところです。兜太はそれを知って、さらに悲しくなった、ともいっています。

八月十五日、終戦の日を兜太はトラック島で迎えました。トラック島ではオーストラリアのメルボルン放送が傍受できたので、そこからの情報が士官クラスのところにまで、密かに流れていました。当然、広島に原爆が落とされたことも知っていました。

そのころは全島虚無状態で、みんなどうにでもなれ、というなげやりな気持ちがありました。負けるに決まっている、という気持ちをずっと持ちつづけていました。軍人の中には自決した人もいましたが、当時の兜太はまだ若かったこともあり、妙に落ち着いていました。敗戦の報せを聞いたときに、ふっと湧くように一句が浮かびました。それが、

椰子(やし)の丘朝焼けしるき日々なりき

実は、この句は、師・加藤楸邨の、

屋上に見し朝焼けの長からず

の本歌取だった、と後に自句自解で、告白しています。

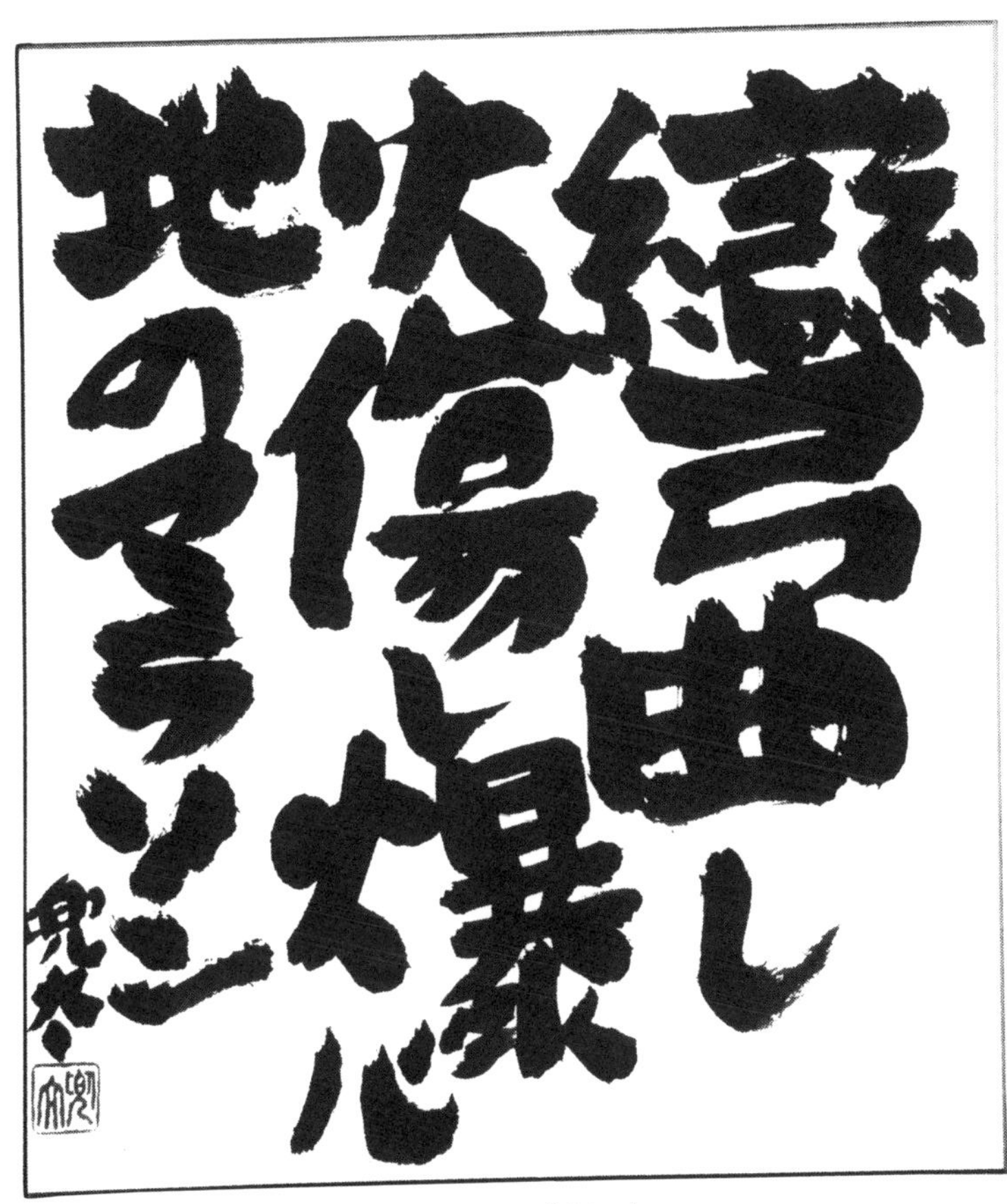


〈彎曲し火傷し爆心地のマラソン〉（『金子兜太句集』より）
被爆から13年経った長崎での作。「周辺の峠を越えてマラソンの一団が走って来たのだが、爆心部に入ったとたん、たちまち軀が歪み、焼けただれて、崩れてしまった」という映像が浮かび上がって出来たという。兜太の代表作の一つ

自分の俳句が、平和のために、
より良き明日のためにあることを、
心より願う。

金子兜太の第一句集『少年』は昭和三十年、三十六歳のときに刊行されました。『少年』には、出征前に親友の堀徹に預けていた「生長」の句と、トラック島から石鹼の中に隠して持ち帰った「石鹼のいい匂いがする薄紙」に書き留めた四十四句がふくまれています。兜太は、戦争から帰って第一句集をまとめるための準備をしていましたが、その後の生活に追われて、句集が出版されるのは帰還してから九年後となってしまったのです。

その「後記」で兜太は、「社会的な性格に到るためには、自分の抒情的体質や封建的意識と裏はらの感情の古さを、論理的に克服する必要がある――と。抒情的でなく抒情を、観念的でなく観念を――ということでもあるが、ここに僕は自分の生き方を定めた。「福島にて」「神戸にて」はその路線上にある」といっています。また、「昭和二十五年には田川飛旅子、青池秀二と三人で句集『鼎』を出し、その時の自分の題を『生長』とした。この句集はその時の作品を殆ど網羅し、その後のものを「竹沢村にて」「福島にて」「神戸にて」と住んでいた所に従って分類し附け加えた。これによって昭和十五年から三十年六月までの――つまり僕が俳句を創りはじめてから現在までの――十五年間に亘る作品の一冊を纏めたことになるわけである」と結んでいます。そして、最後に「何よりも自分の俳句が、平和のために、よりよき明日のためにあることを願う」と記しています。「非業の死者に報いる」という覚悟は、もう、兜太第一句集の時から根強くあったことがわかります。

あたりまえに思っている幸せが、
いまどんどんと崩されていく。
理屈ではなく、自分に与えられたいのちは、
自分で守り生きていく、
それだけは、手放すようなことがあってはならない。

兜太が恐れていたのは、「あたりまえのことが、あたりまえでなくなっていくこと」。いまの日本では、死んでいく場を、惨(むご)たらしく踏み荒らされることがない分、戦争のときよりはずっと幸せだとは思います。でも、いつまでもそうありつづけるわけではありません。戦争は悪だ、誰しもそう思っていながら、いつか気付かないうちに右傾化していき、気付いたときには、すでに抜き差しならなくなっているかも。兜太の戦争体験がそれを如実に物語っています。だから、ひとりひとりがしっかりと、いま気付かなければならないのです。気付いた人が、気付いたときに、その場その場で声をあげていくしかない、兜太はそのことをいっているのです。トラック島の、数少ない元兵士が伝える戦場での日常、その中で非業の死を遂げていった数々の死を、兜太は身をもって語り継いでいます。

水脈(みお)の果炎天の墓碑を置きて去る

これは、日本へ帰る最後の引揚船となった駆逐艦の甲板の上から、兜太が振り返りつつ詠んだ俳句です。無念の中、島に多くの遺骨を残して去らざるを得なかった兜太の気持ちが、よく伝わってきます。私たちは二度と戦争を起こしてはいけない、それに、少しでも加担することがあってはいけない、そう思わずにはいられません。

# 第三章 俳句のために生まれてきた

私は一九一九年生まれ。
「いっくいっく」ですから、
俳句のために生まれてきた男。
そんなふうに覚えてください。

金子兜太は自己紹介するとき、冒頭にいつもこう話していました。覚えやすいですね。確かに金子兜太は、大正八年（一九一九）生まれです。埼玉県小川町の母・はるの実家に、母・はる十七歳、父・伊昔紅三十歳過ぎの第一子として生まれています。

父親の金子伊昔紅は、学校を出てすぐに上海で医者を業として、そこから「ホトトギス」に俳句を投句したようです。秩父の谷に戻って医院を開業したころ、学友の水原秋桜子が高浜虚子に反発し、「『自然の真』と『文芸上の真』」を唱えて「馬酔木」を創刊しました。そのころから、伊昔紅の秩父のまわりに弟子ができ、近所の俳句好きの青年たちを集めて句会をはじめました。いわゆる「馬酔木」、秩父支部長です。父の俳句人生は、そこからはじまりました。

兜太は、月一回金子家に集う俳句の人たちを横で見ていて、楽しそうだな、とは思いましたが、つくることはありませんでした。はじめは楽しそうにやっていた句会も、やがて酒が入ると喧嘩がはじまり、取っ組み合いになり、物は壊すし、襖は破るしで大変な騒ぎになってしまいます。それを見ている母親は、「兜太は、俳句なんてやってはいけない。あれは喧嘩だからね」と禁止していました。

その兜太が俳句をつくるようになったのは、昭和十二年（一九三七）十八歳、旧制水戸高校一年生のときでした。出沢珊太郎という先輩に、「一度、ぼくらの俳句の会に出てみないか」、と誘われたのがきっかけでした。高校生の句会を彼が自分で設営していたのです。英語の先生がふたりいて、その先生の家を月交代で借りて、先生たちも交えて句会がはじまり、ついつい母親の禁を破って、俳句にはまってしまったのです。

冒頭の一九一九年ですが、この年に生まれた俳人は多く、それもみんな優秀な人たちばかりでした。戦後の俳壇はこれらの仲間によってリードされていった、といっても過言ではありません。

飯田龍太・石原八束（やつか）・沢木欣一（きんいち）・安東次男（あんどうつぐお）・原子公平（はらここうへい）などですが、その中でも安東・原子・沢木らは皆、加藤楸邨の「寒雷（かんらい）」、そして同人誌「風」の仲間で、金子の俳句人生に深くかかわりを持ってくる人物たちばかりです。

楸邨は庶民的で、自分自身は生真面目（きまじめ）かつ情熱的でありながら、その弟子たちには自由奔放の句づくりをさせました。それ故に、兜太もかなりのいいたい放題で、やりたいことをやらせてもらいました。兜太の野性的で自然児的な句づくりは、そのあたりに基本精神が宿っている、といってもいいでしょう。

旧制水戸高校俳句会。前列左端に兜太、その横に吉田両耳先生、一人おいて長谷川朝暮先生(昭和12年頃)

五七調や七五調のリズムが、
俳句をより馴染みやすいものにしているのです。

俳句とは何か、そう問われれば、五七音を基準とする定型詩ということです。『万葉集』も『古今和歌集』もみな五・七の音数律になっています。俳諧（俳句以前、江戸時代まではこう呼ばれていました）の歴史的にいえば、五・七・五は歌仙（連句）の第一句目。その発句が独立したものです。よく俳句は十七字といわれますが、正しくは十七音、リズムです。日本語は一字一音ですが、その音には高低強弱がまことに乏しいのです。唄に合わせる手拍子のようなもので、等間隔同音で続きます。これを学者は「等時性の拍音」といっています。そこで字（音）を結びつけて高低強弱を出そうとします。気持ちよくリズムで伝える、強く訴えようとする詩歌では、何よりそれが必要とされたのです。

その結合のうち、一番強い音を出すのが、五の音や七の音だったわけで、その奇数の組み合わせで、俳句や短歌が出来上がったのです。「五・七・五は、一番美しい日本語である」とは、兜太と数学者の藤原正彦の対談の中でも、くわしく話しています。

兜太は幼児期から父・伊昔紅の作詞した「秩父音頭」を聞きながら育ってきました。はじめは、もっと俗っぽい卑猥（ひわい）な歌詞でしたが、伊昔紅が中心となり、それまでの「秩父盆唄」（秩父豊年踊り）をつくりかえて、公募によって改作し、歌詞・踊りともに品のあるものにつくりかえたのです。唄は七七七音節のくり返しで、兜太もすぐに覚え、盆のときは境内の踊りの輪に加わって、いつも踊っていたといいます。

兜太の代表的な俳句、

曼 珠 沙 華 ど れ も 腹 出 し 秩 父 の 子

この句を口ずさんでみてください。「まんじゅしゃげ・どれもはらだし・ちちぶのこ」と、五・七・五音に分けて調子をとって読んでみると、心地いいリズムになっているでしょう。普通に読み下せば「秩父の子が、どの子も腹を出していた、曼珠沙華が咲いていた」、そんなことで、意味の順序でいくと「秩父の子どれも腹出し曼珠沙華」となるのですが、これでは散文の説明に流れてしまいます。そこで「曼珠沙華」を頭におき、「秩父の子」で締めて、「どれも腹出し」でつないで強調すると、心地よい俳句のリズムになって伝わってきますね。これが音律（リズム）です。

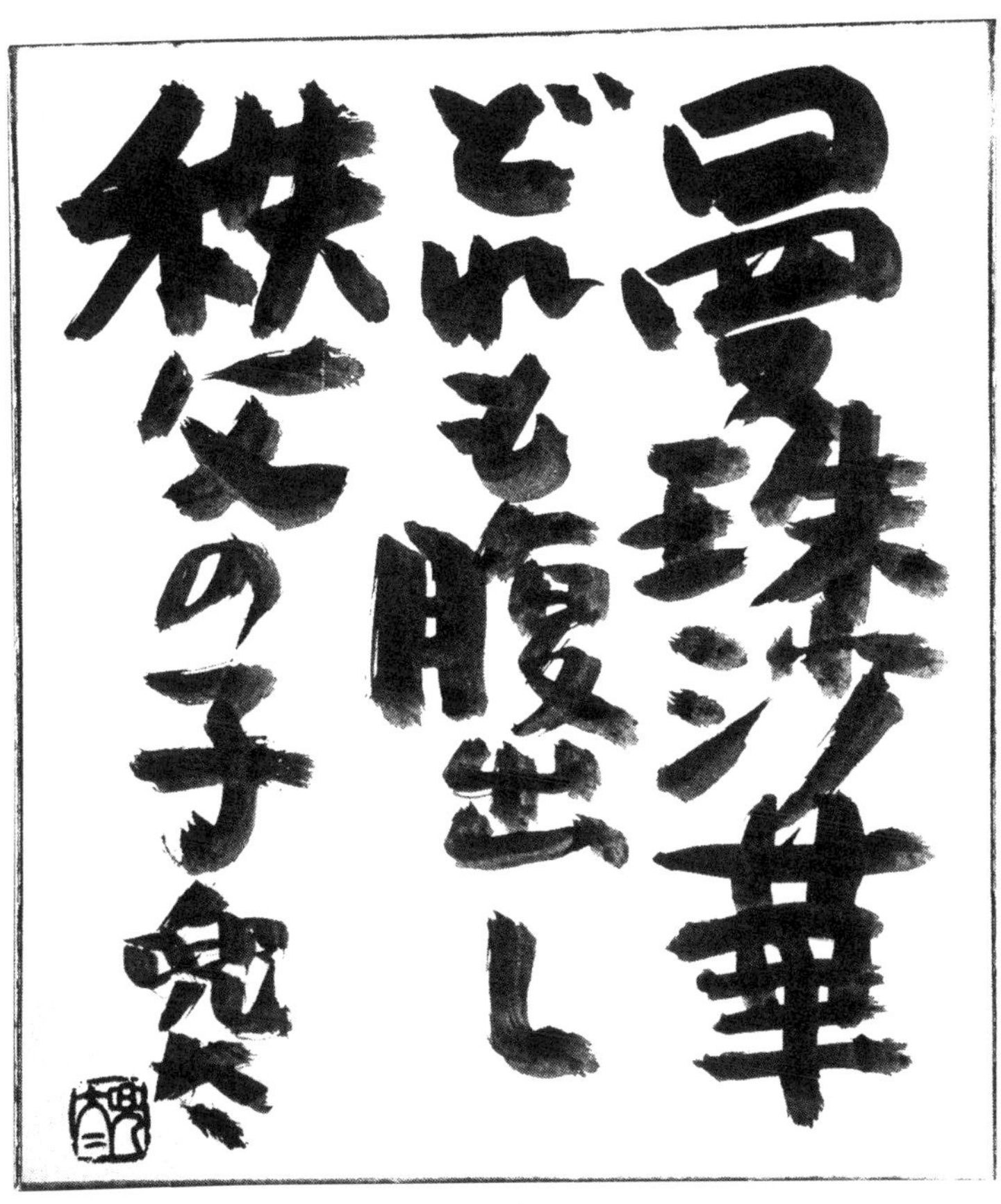


〈曼珠沙華どれも腹出し秩父の子〉（『少年』より）
「郷里秩父の子どもたちに対する親しみから思わず、それこそ湧くように出来た句」と回想している。「子どものころの自分ととっさに重なったことは間違いない」とも。この句は加藤楸邨に高く評価され、初期の代表作となった

俳句は、専門的にはほんの一部の天才がつくるもの。
あとは大衆が楽しんでつくれば、それでいい。

もともと俳諧は〝座〟の文芸、といわれてきました。つまり、ひとりでつくるものではなく、複数でつくり合う「共同体の文芸」だったのです。冒頭にはじまる一句目を発句といって、五七五音の形です。これに次の人が七七を付けるのを脇句といい、三番目が第三、次が第四、第五と続き、延々と鎖状につながるのが、連歌（のちに連句）といわれる形式です。長いものは百句続くものもありました。歌仙という三十六句で区切りをつけるようになったのは、芭蕉の時代からです。これら連歌や歌仙のリーダーを宗匠といいます。オーケストラでいえば、指揮者のようなものでしょうか。芭蕉も蕪村もそういう先生でした。「天才」といわれる人たちです。この人たちによって時代が築かれてきた、といってもいいでしょう。けれども、それだけではなく、宗匠を支えてきた多くの庶民たちのエネルギーがあったからこそ、俳諧は広がっていったのです。庶民らは、実生活を詠みこんだ愚直な作品をつみ重ねています。この愚直さが力になって、俳諧文学を支えてきたのです。

兜太は、『今日の俳句』（知恵の森文庫・一九六五年刊）の中で、「古池の「わび」より海の「感動」へ」と、そのサブタイトルが示すように、俳句の本質を述べています。それは、新しい時代のリーダーとしての天才の出現に賭けて、〝天才よ生れよ〟と呼びかける、兜太からこれからの俳人への鼓舞のメッセージといってもいいでしょう。俳句は、時代とともに、いつも前進し、新しさを求めていかなければいけないのです。

俳句は魔物（アムール）だ。

最初から「俳句をはじめよう」、そう決意して俳句をはじめた人は少ないでしょう。おそらく最初は、知り合いから勧められたとか、近くで俳句の会（教室）があったからとか、親が俳句に親しんでいたからとか、ちょっとした偶然がきっかけではじめますね。それでいいのです。兜太は、こんなことをいっています。

「自分と俳句の結びつきを思うとき、生れる前から、この出会いが約束されていたような、縁（えん）の不思議さにとらわれてしまう。縁のうれしさというべきか。そして歳とともにそのおもいが深まるのである」と。

そして、「運命のいたずらなどというよりは、俳句の魔力といいたい」「私は『俳句は魔物（アムール）なり』とあちこちで喋（しゃべ）っている」といい、出沢という天才といえる先輩の男がいなかったら、自分も俳句にとりつかれることもなかっただろう、そう回想しています。

兜太の場合は、このような出会いだったわけですが、多くの場合はなんとなく俳句に出会ってしまう人がほとんどでしょう。けれども、一度はまり込んでしまうと、いつの間にか泥沼に足を踏み入れてしまったかのように、抜き差しならなくなってしまう、これはほとんどの人がそうなのです。

「俳句は魔物」、金子兜太はうまいことをいったものです。このことばに、私はいつも魅了されています。

青春のある時期、
「感性の化物」みたいに、
ただブラブラしてたことがありました。
感覚だけが妙に鋭敏でね。

このことばも面白いですね。金子兜太にとっては、青春時代ともいえる「成層圏」「土上」「寒雷」の若き時代のことばです。「どこもここも難しい理屈や国家論ばかりを振り回していて、そういうことを一生懸命いう連中も人間的に嫌いだったし、その反面、自分はますます反動的になり、いい加減になっていました、本当にそのころの私は、感性の化物みたいでしたね」、と書いています。

「感性の化物」とはうまくいい得たものだと思い、よく覚えていることばです。

金子兜太には、「成層圏」という雑誌に参加していた、青春時代があります。福岡から出ていた昭和十二年創刊の俳句雑誌です。竹下しづの女の長男が編集をしていました。しづの女は「ホトトギス」の同人で、

短夜や乳ぜり泣く児を須可捨焉乎

の句で、女性で初めて「ホトトギス」の巻頭を飾った才女です。発行人は高校学生俳句連盟会の久保一郎、主として高校生を中心とした全国学生俳句誌が、「成層圏」でした。その「成層圏」のチャンピオンのひとりでもあった、出沢珊太郎に誘われて、兜太も参加しました。

しづの女が勧める俳句に、加藤楸邨と中村草田男の句がありました。いわゆる人間探求

派といわれたふたりです。金子兜太は次第にこのふたりに魅かれていくのです。

後に金子兜太は、「俳句は草田男に、人間は楸邨に魅かれ、このふたりを師にすることに決めた」、と何度もいっています。

自由人である出沢によって誘い込まれ、なんとなくはじめてしまった俳句ですが、いつの間にかミイラ取りがミイラになってしまいました。兜太は、「まさに不毛の青春であった。いま顧みると全く何もしていずに、ただただぶらぶらしていたと言ってよいもので、感性の流れるままに流され、時に感情抵抗によって屈折するだけの抒情——それだけであった。そして、このことは僕自身の抒情的体質を決定的にさらけ出していることにもなろう。例えば僕は論理を嫌った。論理を構成するとき、既に本質は逃げていると感じた。心情だけが本物であって、意志とか意欲とかいうものは、まやかしだと感じた」（『少年』後記）と、このようにいっています。

師・加藤楸邨と福島の土湯温泉にて（昭和26年）。兜太は昭和16年から楸邨主宰の「寒雷」に投句をはじめ、師事した

社会性は、作者の態度の問題である。

このことばは、兜太を代表することばです。

昭和二十九年十一月号の「風」（編集発行＝沢木欣一）が、「俳句と社会性」という特集を組み、当時三十五歳の金子兜太をふくめて二十四名にアンケートを行い、その回答を掲載しました。沢木欣一は、「社会性のある俳句とは、社会感覚から生れる俳句を中心に広い範囲・過程の進歩的傾向にある俳句を指す」といい、兜太は「社会性は態度の問題である」、と応えました。

それを後に、兜太はわかりやすく、次のようにやさしくいいかえています。「社会性というのは、自分が普通の生活をしながら、社会とどう向かい合っていくか、社会というものをどう考えるか」ということで、「イデオロギーがどうであるかということに直結させてはいけない。イデオロギーでは表現活動は出来ない、そう考えたから、「社会性は態度の問題である」といったのである」、といっています。

社会性俳句は、昭和三十年代に、俳壇に大きな論争を呼んだ運動のひとつです。俳句における社会性のあり方を提示・追求したものでした。社会性の萌芽は昭和初期のプロレタリア俳句運動や新興俳句にも見られるものの、一般には昭和二十八年十一月、総合誌「俳句」編集長だった大野林火が「俳句と社会性の吟味」の特集を組んだことが、そのはじまりとされます。当時、桑原武夫の「第二芸術」が刺激となって、人間探求派などを中心に社会性俳句への関心が高まったのです。

社会性俳句が広く論争を起こすようになったそのきっかけは、先の「風」のアンケートでしたが、その中の沢木・金子らの意見が、評論家・山本健吉の批判を浴び、沢木・金子・原子公平らがそれに大きく反論しました。社会性俳句論議は数年で消えてしまい、一時期の流行であったととらえられますが、俳句における詩精神の目覚めの必要性を多くの人にもたらし、その後の俳句におよぼした影響は、決して小さなものではありませんでした。その点で、金子兜太のこのことばは、いまもう一度吟味されてもよいものでしょう。

俳誌「風」金沢大会にて(昭和29年)。中列左から四人目に兜太、前列左から二人目に細見綾子、一人おいて沢木欣一、大野林火、秋元不死男。昭和21年5月に沢木欣一が創刊した「風」は戦後俳句の推進役を担った。兜太は帰還後、22年8月に参加した

僕にはね、俳句しかない。
俳句が自然にできちゃうんだな。
それが自分でも不思議でねえ。

兜太は、小説や詩など他のジャンルに手を出そうと思ったことは、一度もないといっています。「金子なら何でもできるんじゃあないか、そういってくれる人もずい分いたが、不思議とやろうとは思わなかった」。一九一九年（いっくいっく）に生まれ、自分は俳句をやるために生まれてきた人間だ、そうすっぱりといいきれるのが金子兜太という男です。また、ひとりになる時間に恵まれた、ということもあるようです。戦後、日本銀行に戻り組合運動で挫折して、再び俳句に専念するようになりました。兜太は、「無理をしないできたおかげだったと思いますね。だから俳句から離れてもおかしくはなかったのですが、不思議と俳句は止めなかったですね。そういうことです」と、いいきっています。

「なんで私が俳句から離れられなかったかというと、（中略）その根っこに、いわば肉体的な条件があるわけです。私は、肉体というのは風土がつくってくれるものだと思っていまして、いまではその風土のことを、「産土（うぶすな）」と呼んでいますが、その肉体的な条件があって、それが私の俳句の支えになったんだということです」と兜太はいい、さらにその肉体的な条件として三つの要因をあげています。整理すると、①俳句が自然にできてしまう　②秩父の風土に支えられた　③天才、出沢珊太郎先輩との出会い、です。

この三つが、兜太を俳句に結びつけ、俳句をアイデンティティにしてしまったのである、そう語っています。まさに、ここに俳句自由人の生き方がありますね。

俳句があるかぎり、日本語は健在なり。
日本語の乱れといったことには、
それほど神経質にならないほうがいい。

近ごろ、若者ことばをはじめ、日本語に関する論議がかまびすしいような気がします。確かに間違った使い方はよくありませんが、重箱の隅をつつくように、ことばの細かさだけをあげつらうのも如何なものでしょうか。兜太はこんなふうに述べています。「日本語の乱れといったことに、あまり神経質にならないほうがいい。俳人の私がこういうと、いささかハッタリめいてしまうかもしれないが、この五七調三句体の表現形式（最短詩型）に長く親しんできて、最短詩型の〈土着強さ〉を痛感していることではある。歌人にも共通した意向があるはずとは思うが、七・七字（音）を切り離して、地下（庶民）のものとなった最短詩型の場合のほうが、殊更にその思いが深いものかもしれない」。このことばは、日本語に関する思いを抱いた兜太のことばとして傾聴に価するものと、私の心に響いています。

日本語やリズムについて細かく云々するよりも、兜太にとっては日本語が彼を育んできた「土」の役割を果たしているように思われるのです。だから、日常の中でかなり使い込まれたことばでないとはじき出されてしまう、と兜太はいうのです。この土にしっかりと根を張りつめ、土になじんできたことばだけが確かな日本語になるのであり、俳句という定型詩として五七調を使いつづけることが、「もの」の裏付け（確かな具体感）となるのです。これら、すべての五七調定型がしっかりとしみ込んでいる〈体〉が、金子兜太のおのれそのものなのだ、兜太はそのようにいっているのです。

太陽暦を基準とした、新しい歳時記の誕生。
それが新時代の歳時記と成り得る。

従来の俳句歳時記は、「太陰太陽暦（陰暦）」と、改暦後の「太陽暦」とが入り交じった歳時記が大半で、いまの私たちの現実の生活に密着している「太陽暦」に絞り込んだものはありませんでした。それを、金子兜太が中心となって、「新しい生活になじんだ、いまの歳時記を編み直そう」、そういう考えのもとに取り組んだのが、『現代俳句歳時記』（現代俳句協会創立五〇周年記念事業・平成十一年刊）でした。

これは、現代の太陽暦が使われはじめてから一二六年ぶりの成果で、かなり大胆な編集となりました。旧暦にこだわりつづけてきた従来の歳時記と現代の生活のズレを正し、いまの新しい生活により近づけた分類に切り替えようとしたものなのです。

具体的にいうと、雛祭や七夕は、それぞれ三月三日、七月七日に位置づけています（従来の歳時記は旧暦に分類）。また、陰暦基準でいくと、広島の原爆忌は夏、長崎の原爆忌は秋、終戦記念日も秋に入っていました。だから、たとえば私の俳句の、

いのちふたつ爆忌ふたつや今朝の秋　　寒太

という句も生まれました。日本には長崎・広島のふたつの原爆忌があります。でも立秋を挟んでふたつの季に分かれてしまっている、という意の句です。陰暦基準にすると、夏の暑い日の記憶も、皆秋に分類されてしまっているからです。

そのような生活実感のズレを正そう、というのが兜太の試みでした。

しかし、従来使いなれてきた歳時記を、ただちに直してしまうことに抵抗のあった、「ホトトギス」派の人々を中心に猛烈な反対を浴び、かなりの批判が出たことも確かです。

兜太は、しかし少しもひるむことはありません。きっと将来はこの歳時記が一般的に使われるようになる、そう信じていたのです。

いま、地球の温暖化などをふくめ、地球上で大きな気象の変化が起こっています。そんな激変時代に、俳句だけが十年一日のごとくむかしからの『歳時記』を後生大事に抱えてしまっていいのか？ そういう一般論もあります。いま、『歳時記』は時代の曲がり角に来ています。もう一度再点検する時に来ているのかも知れませんね。

中村草田男を迎えて（昭和30年）。前列左端に兜太、中央に草田男。草田男は兜太が親愛した俳人で、真摯な論争を戦わせた相手でもあった

季語を知ると、生きものへの思いが深まり、
日々の暮らしが豊かになる。
それが俳句というものの基本。
でも、それに必ずしもこだわらなくてもいい。

季語は、一言でいうと「季節が感じられることば」といっていいでしょう。俳句の世界では、俳諧の時代から第一句目には必ず季題を入れるという約束ごとがありました。以来、それぞれの時代に合った季節のことばを、必ず入れるという約束になっているのです。

ただ、兜太はその辺について、かなり余裕をもたせて、こういっています。

「（俳句に）季語を入れるのは約束ごとですが、何ごとにも約束通りにいかないこともあります。季語でなくても、季語と同じように含蓄のあることば（これを無季語という人もあります）であれば、それを季語の代わりに使うのは大変よいことではないか、と私は広く考えるのです。もちろん、「俳句は五七五の形式で、必ず季語がなくてはならない」という考えの人もいます。（中略）季語を知ることは、日々の暮らしの中で出会う人や花、鳥、獣などのすべての生きもの（自然）に対する思いを深めることです。通勤・通学途中の木々や花に、虫の音に、肌に感じる風の温度に、見上げた空の色に、日々変化のあることに気付かされるはずです。四季の移ろいを敏感に感じ取ることは、毎日を丁寧にいきることにつながります」。

俳句は、新旧や定型・不定型にあまりとらわれずに、現代の感覚でできるものを基準にします。それが俳句を広くとらえた考えで兜太の生き方に通じるものであり、自由人・金子兜太そのものの生き方にも合致する、そう考えていたようです。

# ハンカチが季語として
# 生活感覚に合っているか！

このことばは、先の『現代俳句歳時記』の序文に掲げられたことばです。この歳時記では、春・夏・秋・冬の四季の他に、「無季」の巻が設けられているのが、特色のひとつです。無季の語が入るのか、と疑念に思う方は、歳時記の成り立ちを承知していないのではないか、と思いますね。歳時記はもともと中国の行事暦や生活暦に関する書を示していました。これを季として整理するようになるのは、連歌の発生や生活暦によるものです。連歌が、発句（第一句目）に当時の景物を詠むことを約束として、付け合いの中でも季をあれこれと表出することを大切にしたからです」といい、金子兜太の主張する必ずしも俳句は季語を必要としない、という論へ展開を図っていきます。

これと同じように、この歳時記には、「通季」の部も設けられています。これは字のごとく、季節にこだわらず、一年を通しての季語だ、という意です。現代の生活において、季節性が薄れ、どの季節にも通じ、どの季節とも決めがたくなっていることばです。たとえば、掲出のことば「ハンカチ」。他にも、シャボン玉・ブランコ・冷蔵庫・相撲・鮨などが「通季」としてくくられています。

金子兜太は「これらが季語であることを否定するものではないが、現在の季節感覚で特定の季節に属するものとすることに無理があることは大方の理解が得られよう。そうした柔軟な発想から、季語としては扱えないことばを「通季」の部を設けて収録した」と述べています。

このことばにも、「ホトトギス」の伝統派の人々は大きく反対しています。それは、従来の高浜虚子の俳句歳時記と大きく変わってくることへの反発に他なりません。伝統派の人々にとっては、約束ごとを大きく変えられてしまうことになるからです。

これらの人々にとって歳時記は、生活感覚というよりも約束ごとであり、その約束ごとを守ることから俳句ははじまっている、という大前提があるからです。俳句は文学であり、生活感覚が主である、という立脚点ではなく、まず、約束ごとを守ること、それが彼らのひとつのテーマなのです。

そのあたりの相違から、この論は未解決のまま、いまでも多くの人々が有季の俳句をつくりつづけている、そのことにつながっている、といっていいでしょう。

「海程」新年会。正面右から
兜太、隈治人、和知喜八、出
沢珊太郎など(昭和38年)

ふたつのことばをぶつけると、
まったく別の世界が、
目の前にあらわれてくるのです。

俳句のつくり方には、大きく分けてふたつの方法があります。ひとつは、上五から下五まで、まったく切れるところがない句です。これは一物仕立（いちもつじたて）（一句一章）といいます。これに対して、二物衝撃（二句一章）というつくり方があります。五七調のリズムと切字の働きによって俳句独特の表現方法が可能になります。これは配合また取合せ、ともいわれます。この「二物衝撃」の他にも「倒置法」「回帰法」などいろいろあります。その中でもやはり、初心者には衝撃法が基本となります。

たとえば、兜太の晩年の句集『日常』の中に、

　左義長や武器という武器焼いてしまえ

という句があります。「左義長」は、小正月の火祭で、注連縄（しめなわ）や松飾りなど新年の飾りを焼く行事です。この句は上五で切れ、中七、下五とは関係なさそうですが、兜太は「この火勢の中で戦争を思い、この火の中に武器の類いはすべて放り込んで焼いてしまえ」と思った。そう述べています。表面的には何ら関係ないと思ったふたつのことがらが、火を見た瞬時に思い出し、結びついたのです。

兜太は、第二次大戦の末期をトラック島で体験した、戦争反対の塊のような男、だから「左義長」の火の盛を見て、このような句が生まれたのです。

俳句も短歌も、肉体化されなければ、
本当のものではない。

兜太は、「土がたわれは」（「俳句」一九七〇年八月号）を書いています。インテリがダメだと思ったのは七〇年代、一茶や山頭火など漂泊者の人生を調べたときからだといいます。その生き方を見て、彼らは本当にナマの人間で、本能を求めて漂泊している。純粋な生命のかたちを求めて漂泊しているのだ、と悟ったというのです。以来、兜太は彼らを尊敬し、彼らのことをたくさん書いてもいます。それから、知の働きは大事ではあるが、知の働きだけの知的な物言いや、常に理論づけがなければならないとか、イデオロギーに取り込んでいうとか、そういうものいいが一番危ない、そう思うようになってきた、といっています。兜太の社会性俳句も、その考えのあたりから出てきたのです。

俳句も短歌も肉体化されてこそ本物になる。生まの句や歌ができるというのが俳句、短歌のいいところで、俳句も短歌もつくられた作品に重量感のない句はダメだ、自分の生まのことばを俳句史にぶち込んで、自由という土壌を切り拓いてきた、それが自分の仕事でもあった、と回想しています。

そういう意味でも、ナマハンカな気持ちで、俳句などつくってはいけない、といつもいさめています。あるアンケートに答えて、「屋上から飛び降りるくらいの気持ちで俳句をつくってみろ。そうしないかぎり、本物をつくることができる俳人には成り得ない」、ともいいました。いい加減のようで、俳句に向き合うときには真剣であったことがよくわかります。

各地のカルチャーセンターの女性、
学校の子どもたち、
お～いお茶の俳句募集、
それらの広い俳句層が、
現代の新俳句をつくりあげているのです。

兜太は、俳人のみならず、広く一般の人々に向けて、俳句を勧めてきた人でした。

かつては、俳句は男のもの、短歌は女性のもの、などといわれ、女性で俳句をやる人はめずらしかったのです。ところが、高浜虚子が「台所俳句」を提唱し、女性の身近な素材からも、何でも俳句がつくることができる、といって家庭の主婦たちに俳句を奨励するようになってから、女性が大勢俳句に参加するようになりました。いまではどこの句会でも女性のほうが多く、出発当時からすると目を瞠るような時代になったものです。

兜太はというと、昭和五十年代に入ってからのカルチャー俳句講座での女性たちとの俳句の出会いがあります。むろん、それ以前でも「寒雷」や「風」の句会や大会で、つぎつぎに優秀な女性と出会っているが、いまやカルチャーで私の眼の前にいる女性たちは、まったくの素人なのだ。その素人がなかなかの俳句をつくる。私のおしゃべりを、しゃべっている以上の中味で理解してくれる、そんなふうに、驚嘆しています。

その他、子どもたちや高校生・大学生たちの俳句も広く理解してきました。「子ども俳句歳時記」もいくつか編んでいて、その中で「子どもは、大人の世界とちがって、ものを見る目が無垢で純粋で、大人が気付きもしなかったものにまで目を向けて俳句をつくる。子どもたちは自然との結びつきがより深く豊かになっている」、といっています。

江戸時代、芭蕉も、「俳句は三尺の童にさせよ」（俳句は、小さな子どもたちにつくらせなさい）

といっています。大人になると人間同士のかけひきやいろいろな対人関係を考え過ぎたり、俳句はどうつくればいいのか、頭の中だけではじめからできてしまっています。そういうことを何も考えない無垢な子どものほうが、むしろ俳句に純になれる、というのです。

他にも、新俳句といって、季語や定型にかかわらず、自由なことばで奔放につくる俳句にも理解を示しました。そうした層が、現代俳句のひろがりをもたらしている、と兜太は言及し、積極的に支援しつづけてきたのです。兜太には、そんな懐のひろさがあり、それゆえ大変な人気がありました。亡くなっても、俳句などにはまったく縁のなかった人からもひろく惜しまれているのは、そんな金子兜太の度量のひろさにもよるものでしょう。

# 兜太俳句　二〇句鑑賞

## 曼珠沙華どれも腹出し秩父の子

『少年』

初期代表作のひとつです。山野を駆け回る少年兜太の自画像のようにも見える一句です。兜太は、齢を重ねるごとに秩父への執着の色を濃くし、産土（うぶすな）のことを好んで語るようになっていきました。虫も草も木にもいのちが宿るとみなす「アニミズム」に次第に、傾倒していったのです。兜太の中を流れる血は、終生、曼珠沙華のような濃い赤色を求めて流れていました。わかりやすい素直な句です。

## 水脈（みお）の果炎天の墓碑を置きて去る

『少年』

トラック島から日本へ引き揚げる船上で生まれた一句です。甲板に立って島を振り返ると、穴を掘って埋めた仲間たちの亡骸（なきがら）、そこに立てた高い墓標がそびえて、よく見えます。それを置き去りにして行かなければならない、やるせない気持ちが痛切に伝わってきます。最後尾で曳いていく水脈と、墓碑をいつまでも眺めている自分。墓碑を見送る自分が逆に見送られているようにも見えたのでしょう。転機ともなった、兜太の一句です。

## 朝日煙る手中の蚕妻に示す

『少年』

昭和二十二年（一九四七）に結婚しました。初夜が明けた朝、妻に一句捧げて贈ります。てのひらには、まっ白な蚕がひとつのっていたのです。

蚕は、ふたりのふるさと秩父地方の名産で、生命力の指標ともいわれていました。これからここを出発点として、明るい家庭をいっしょにつくっていこう、そんな気持ちを込めてこの句を新妻に示したのでしょうね。産土にこだわった、初期の兜太らしい抒情的な句です。

## 銀行員ら朝より蛍光す烏賊のごとく

『金子兜太句集』

薄暗い銀行で、早朝、出勤で働く行員たち。その侘しさを、水族館でひらひら泳ぐホタルイカのようだ、ととらえました。兜太自身も勤務先の銀行で、レッドパージされ冷や飯を食わされた苦い経験があります。

俳句では、次第に人間性を呼び醒まし、以後、「造型俳句」論で一世を風靡しました。この景を銀行員への皮肉、また批評と受け取る人なども多くいました。発表当時、社会性俳句の見本として読まれ、評判になった造形論に基づいた、最初の一句です。

彎曲し火傷し爆心地のマラソン

『金子兜太句集』

爆心地、長崎のマラソンランナーに、被爆者の痛みを重ねた一句です。このころ兜太は、すでに社会性俳句を確立させていました。でも、さらにこの句では、ことばのイメージとリズムで、一気に戦争の傷痕を造形し、新たな手法を構築しています。根底には、原爆・戦争へのあくなき憎悪があります。

長崎が被爆して三十年を経て、なお作者の中で尾を曳きつづけて成した一句で、代表作のひとつとなりました。

朝はじまる海へ突込む鷗の死

『金子兜太句集』

空は白み、まるで、何ごともなかったかのように、また、兜太のいない新しい朝がはじまります。

繰り返される地球の時間から見れば、ひとりの死は一瞬の、ほんの些細（ささい）な出来ごとに過ぎません。生死の繰り返しが、現実であると気付かさせてくれる句です。

作者がこの世から逝去してしまったいまとなっては、よりいっそうこの句が身に迫って、われわれのこころに沁みこみます。

## 霧の村石を投らば父母散らん

『蜿蜿』

よくも悪くも、兜太は両親を離れられないことは、確かでしょう。当然、この霧の村は、秩父の皆野・産土です。そこはいま秋で、いちめんのひろい霧の幕に包み込まれています。その霧の奥深くに石を放ります。そうすると、幻の中に薄々見えていたと思った父も母も、またふるさと産土全体も、雲散霧消して、すべてなくなってしまった、というのです。

すべてが崩壊してしまった、その虚しさを、兜太はこの句で描きたかったのではないでしょうか。

## 二十のテレビにスタートダッシュの黒人ばかり

『暗緑地誌』

いまはなくなってしまいましたが、東京・池袋の西口（東武東上線）の待合場所に壁面があって、そこにテレビが二十台ほど並び、いつも同じ場面が映っていました。そこで友人と待ち合わせをしているとき、よくこの句を思い出していました。

兜太はこれを販売店の店頭で観てつくった、といっています。この句は二十三音と長律ですが、不思議と長く感じさせず、いいリズム感になっていますね。

## 暗黒や関東平野に火事一つ

『暗緑地誌』

東北地方には、まだ新幹線もなかった遠いむかしのことです。白河の駅を出て関東平野に入った急行列車の車窓の夜空に火事がひとつ見えた、というのです。

この句は、高い位置から眼下を見下ろし、因習に縛られた世界に別れを告げ、解き放たれたような不思議な気分を味わわせてくれるところがあります。暗から明へ、点から面へ。この句は、短詩型のダイナミズムを見せてくれます。

## 霧に白鳥白鳥に霧というべきか

『旅次抄録』

楸邨の句に、「牡丹の奥に怒濤怒濤の奥に牡丹」（『怒濤』）があります。兜太は頭の中に当然この句があった、とも思われます。でも、下五に「……というべきか」を付け加えたところが、いかにも兜太です。こういわずにはいられなかったのでしょう。兜太はこの下五で調子をとっているのです。

「徹底的に省略してみたかった」といっていますが、そうならないところ、それが兜太の俳句の魅力なのです。

## 梅咲いて庭中に青鮫が来ている

『遊牧集』

青鮫は深海魚なので、庭に来ているはずはありません。でも、本人に聞いてみたところ、「いや、本当に青鮫を見たのだ。春の霞の中に確かに来ていたのだ」と語っています。

秩父を思い、産土に思いを馳せるとき、その地にいたという狼を、またそれにくっついていた蛍を句にしたこの作者であってみれば、こんなことくらいでは、何も不思議なことではない、そう納得してしまわざるを得ませんね。

## 猪が来て空気を食べる春の峠

『遊牧集』

兜太にとっては、狼も猪も狸も狐も蝮（まむし）も、みんな友だちですべてが大好きなのです。産土の仲間だからです。猪は秩父のどこにもいて、峠が春になると、どこからともなく出てきます。猪がそこにやってくるのは、峠の空気がいいので、そこらに出てきて、いろんなものを食べるのです。

兜太は、そんな姿を見るのが大好きで、早く春がやってこないかな、と峠の方をいつも見ながらやってくる春を待っているのです。山国の春は、猪を連れてやってくるのです。

## 牛蛙ぐわぐわ鳴くよぐわぐわ

『皆之』

私も、何回か牛蛙の声を聞いたことがありますが、この「ぐわぐわ」には、双手をあげて共感します。楸邨と春日部を吟行したときも、古利根川で聞いたこともあります。牛蛙は、泥水を喉のあたりまでためこんで、転がしたり吐いたりするような鳴き声で、兜太にはとてもなつかしい、大好きな声だ、といっています。「ぐわぐわ」のこの擬声語がとても快く、この句の中心になっています。兜太は、生まれた地の小川町の、幼いころに遊んだ、牛蛙を思ってつくったのです。

## 夏の山国母いてわれを与太と言う

『皆之』

作者は、「丈夫な体に産んでくれた母には、いつも心から感謝している」と常々いっていました。その母は、父を継いで医者にもならず、俳句などにうつつをぬかしている兜太が、なんともはがゆくて仕方がなかったのでしょう。彼に会うたびに「ああ、与太が来たよ。与太だよ」といっていた、と話しています。この母も一〇四歳でこの世を去りました。その秩父、深い山国にも、また、夏がめぐってきたのです。

## 酒止めようかどの本能と遊ぼうか

『両神』

若いころは奔放で、酒をあおり、ヘビースモーカーだった兜太でした。でも、齢を重ねるにしたがい、酒も止めタバコも止めざるを得なくなったのです。

手もちぶさたな兜太は、「さあ、これからいったいどうしたものか、自分はどの本能と遊んだらいいのだろうか」そう思いなやんでいたのを、こんなふうにおどけて表現してみせたのが、この一句なのでしょう。生の煩悩を、ユーモラスに詠みましたね。

## よく眠る夢の枯野が青むまで

『東国抄』

ぐっすりと今日はよく熟睡（じゅくすい）できて、清々しい目覚めでした。目の前には粛々（しゅくしゅく）たる枯野がひろがっています。その枯野が、自分の前には青々と鮮明に見えるのです。

この句は、芭蕉の最期の一句「旅に病んで夢は枯野をかけ廻る」を想像させるという人が多くいました。芭蕉は芭蕉、兜太は兜太、それぞれが自分の世界を生きていったのです。芭蕉は五十一歳、兜太は九十八歳、せいいっぱい生きて逝きました。

## おおかみに螢が一つ付いていた

『東国抄』

明治の中ごろに絶滅したといわれるニホンオオカミです。秩父では多くの神社の狛犬は、犬ではなく狼で、いまだに狼信仰が根深く残っています。

作者の胸中には、きっと死ぬまで狼が生きつづけていたに相違ありません。生きている狼には蛍がくっついて、どこまでもいっしょにくっついてくるのです。これはいのちの象徴なのでしょう。死ぬまで唱えつづけていたアニミズムが、しっかりとここに生きて表現されました。

## 合歓(ねむ)の花君と別れてうろつくよ

『日常』

妻のみな子が亡くなりました。「うろつくよ」に、兜太の深い後悔と悲しみが出ています。生前の細かいことば遣い、ひとつひとつの仕草が思い浮かんできては、また消えていきます。いままで、どれほどみな子に勝手な振る舞いをし、また頼ってきたのか、亡くなってみて、兜太ははじめてわかったのでしょう。福井からの帰り、長いトンネルを出て滋賀に出てひらけたとき、合歓の花が見え、再び、妻・みな子の影が浮かびました。

今日までジユゴン明日は虎ふぐのわれか

『日常』

ジュゴンは、古来「人魚」の再来とされています。ある朝、「ふつくらと泳ぐジュゴンや春曙」が出てきて、その後に七句目でこの句がまとまったといいます。優しく親しみのあるジュゴンと、兜太と同じような虎河豚。それがふたつ並んでいる姿が、兜太の目に浮かんだのです。そのときに湧き出るように生まれたのが掲出の一句だそうです。人間という頼りなさを、遊び心で連作してみて、こんな句ができた、というのです。

東西南北若々しき平和あれよかし

（句集未収録）

兜太が晩年、もっとも力を入れて選をした仕事のひとつに、東京新聞の「平和の俳句」があります。いとうせいこうさんとともに選を務めたものです。戦後七十年の平成二十七年一月一日からはじまり、兜太は二十九年九月まで選者を務めました。この句は、同年十二月三十一日、「平和の俳句」の最終回に寄せられた、書き下ろしの句です。署名には〈白寿　兜太〉と、記されています。戦後一貫して平和を訴えつづけた作者から、いまを生きるすべての人々への贈りものの一句といえるでしょう。

# 第四章

# 兜太の日常

若いころは、酒は飲むし、タバコもかなり吸う。
本当にむちゃくちゃな生活でしたね。
でも、元気で九十八まで生きています。

兜太は、歯ブラシを使ったことがない、と聞いたときは驚きました。戦場生活がそうさせたらしいのです。戦場では、いつ敵が襲ってくるかわからない。だから、歯磨きする時間などはまったくなかった、というのです。帰還してからも、それが習慣になってしまったのだ、といいます。

そのうえタバコは吸うし、酒も飲む。それでも健康のことを考えずやってこられたのは、やはり丈夫な体を両親からさずかった、ということでしょう。

ただ、タバコは四十八歳ですっぱり止めています。本にも書いていますが、仲間と三人で大晦日の晩に日本橋の小料理屋へ繰り出し、そこで鯖の刺身に当たってしまいました。元日になって全身にジンマシンが出て、近所の医者に行くと、「もう少し放っておいたら、死ぬところでしたよ」といわれ、手当てを受けて一応ジンマシンの方は治ったのですが、そのとき以来、いっそのことタバコも止めてしまおう、と決意して止めたということです。

六十代になると、丈夫な兜太の体にもいろいろと異変が生じてきます。歯は歯槽膿漏でやられ、すべて抜いて総入れ歯にしました。他にも痛風、ぎっくり腰、糖尿病、強度の顔面神経麻痺と、一挙にあらゆる病気の大事が押し寄せてきた、そんな感じだった、といいます。

一番大変だったのは痛風です。六十代はじめの四年間、梅雨時になるときまって定期的に右足の親指の付け根に、キリでねじり上げられていくような痛みが走り、足を動かすと電流が走るようになった、といいます。そこでまず、酒を止めるよう医者から注告されますが、兜太はまったく悲観的にはならなかった、と回想しています。

ちょうど、私が兜太と親しく交流しはじめた若いころは、この時期よりもっと前あたりでしょうか。句会が終わると東京の神田近くに繰り出し、安い酒場に行って呑む。その後は必ずカラオケでした。兜太の歌もなかなかのものでした。横山白虹（兜太の前の現代俳句協会会長）は童謡が大好きで、兜太は艶歌でした。私は歌はからきしダメで、もっぱら聞き役に回っていました。兜太は終電のひとつ手前くらいで、遠く埼玉まで引き上げていったものです。その後も、残った連中は明け方まで飲みかつ歌いつづけ、一番電車で帰宅しました。本当になつかしい思い出です。

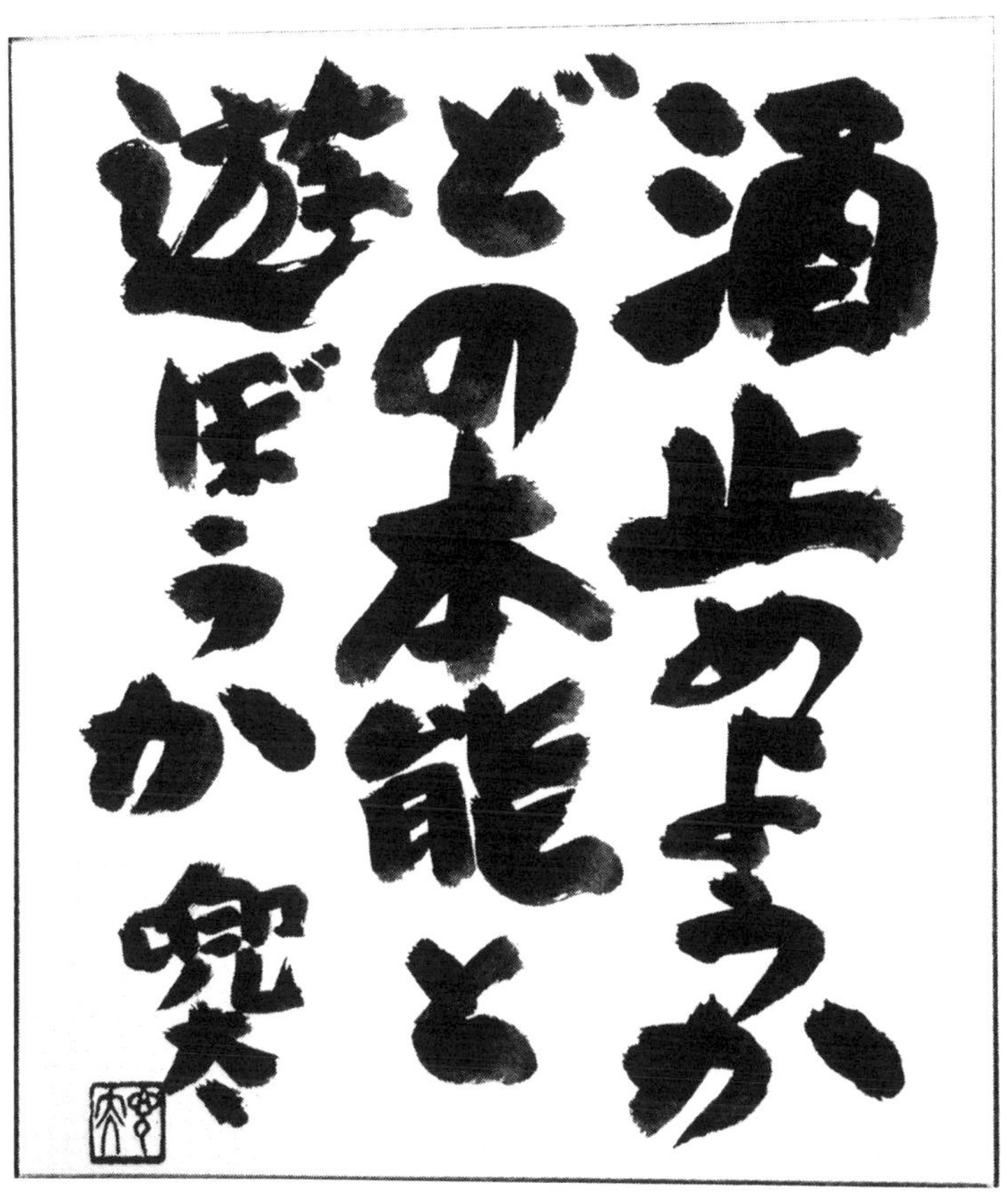


〈酒やめようかどの本能と遊ぼうか〉（『両神』より）
40代でタバコをやめ、60代に入って痛風やぎっくり腰を繰り返すうち、医者と相談して、大好きな牛肉、豚肉をやめ、酒を断った。「本能」をある程度自由にしておかないと長続きしないぞ、との思いがあったという。

死ぬのが怖くないか？　と問われたら、
「死ぬ気がしなかった」と答えます。

「九十歳過ぎまで長く生きていると、いろいろな病気にかかります。私の取柄は、丈夫な体そのものだと思っています。これは自分の努力で勝ち得たものじゃあない。それはひとえにどこか暢気で辛抱強い母親と剛毅な父親からそういう遺伝子をもらった、そういうことですね」、と兜太はいつでも、そんなふうに答えていました。

だいたいにおいて、健康のために何かを心掛けて暮らす、そんな習慣すらなかった、とさらりといってのけます。

「若い時から病気のデパートみたいに、さまざまな病気はしましたが、いろいろなことを続けていたら、病気の方が観念してしまったんでしょうかね。いつの間にか悪さをしなくなってしまいましたよ」といいます。

「まあ、病気の方が何かしかけてくると、こっちも戦争を体験しているだけに、やるだけのことはやってやろうじゃないか。そんな、対抗意識を燃やす気になるわけだ。こんちくしょう、負けてなるものかってね。すると自分でもびっくりするくらいの思わぬ気合が出てくる。もちろん、警戒態勢は崩さないのですが、まぁ、せっかく来たんだ、少しはゆっくりしていけよ、みたいなへんな気持ちになってきてね、そのうちいろんな病気とも折り合いをつけながら自然に付き合っていく、そんなようになりましたね」、といっています。

「それでも、死ぬ、ということは考えなかったですね。本当、それは一度もなかったです。

九十過ぎても、何とかなる、と気軽に考えました。それがよかったんでしょうね」。

人間、もう駄目と思ってしまったら、悪い方へ悪い方へと考えが行ってしまい、暗くなってしまうものです。でも、私は生来暢気なんでしょう。がんになったときも兜太と同じように明るい方へばかり考えがいくのです。兜太もあれだけの戦場をくぐりぬけて来て、まだこんなに元気だ、死ぬはずがない、運気が強いんだ、そんなふうに明るい方へばかり思いをめぐらせていくのです。よく、「病は気から」といいます。人間、気持ちの持ち方が大切、これからもともに元気に生きていきましょうと、いつもふたりで笑ったものです。こんなことを、何回となく話し交していたのに、兜太に先に逝かれて、本当に悲しい今です。

「炎環」25周年記念祝賀会で講演(平成25年1月)

七十歳半ばで、立禅(りつぜん)をはじめました。
立禅は立って死んでいった人たちの
名前を唱えるのです。
それは、彼らの霊力に触れるということなのです。

兜太が立禅をはじめたのは、七十代も半ばすぎ、といいます。最初は皆と同じような座禅を考えていたのですが、忙しいのと坐る姿勢がとりにくかったようです。また、兜太の場合は坐ってやると集中しにくく、立って名前を唱えるほうが集中しやすかった、だから立禅だ、といいます。

兜太もここまで長く生きてくると、いろいろな人との出会いがあり、亡くなった知人・友人だけでも百二、三十人はいます。それを暗記しているままに読み唱えていく。その順序は決まっていて、崩さない。それを繰り返し続けていきます。もう一種のリズムが兜太の頭の中には出来上がってしまっているのです。もちろん、ときどき忘れてしまって思い出せないこともあります。忘れたら、思い出すまで頑張る。そのうち、またふっと浮かんできて、出てきたらまた続ける。「これを忘れだしたら、もうお前の呆けははじまっているぞ。絶対に忘れるな」と、自分にいいきかせて警告するのだ、といいます。忘れるか忘れないかがひとつのバロメーターです。

縁ある人の名前を繰り返し読み上げているうちに、霊力を感じてくる。胸の内がすうっとして深呼吸をすると、さらに気持ちが落ち着き安定します。いやなやつの名前になると、その人は無視して深呼吸をします。深呼吸をすることによって、次第に自分自身を取り戻して、心がしずまり平安になるのです。

八十代の終わりころ、血糖値が上がり、糖尿病に。
またまた敵（病気）が頭をもち上げてきたのです。
でも、運がよかった。助かりました。

ある時兜太は、てのひらに水疱がブツブツと出てきて、熊谷の家の近くの医者で診てもらいました。そしたら、気軽に考えて、類天疱瘡だからプレドニンで、とホルモン剤を処方されました。それがよく効いて、飲むとすぐにブツブツが引っ込みました。ところが、そのホルモン剤のせいで血糖値が上がり糖尿病になってしまったのです。そうこうしているうちに、先生に総合病院へ行って、もっとよく診てもらってください、といわれたようです。

慶應義塾大学病院の副病院長(当時)で、皮膚科部長のA先生を紹介してもらい、これが兜太にとっては、とてもラッキーなことでした。一ヶ月入院して徹底的に検査と治療をし、類天疱瘡をプレバニンで抑えてもらったのです。そのおかげでてのひらのブツブツは治るし、血糖値もどんどん下がってきて、無事退院となりました。

病気は、次から次へと頭をもち上げてくるのです。でも、誰かしらが手をさしのべてくれて、必ず治すことができた、本当にありがたいことだと感謝していました。

兜太は、病気になっても、なんとかなるさ、という生来の暢気な性格で、さほど深刻にはなりません。病気のたびに、ああ、また敵がやってきたな、と、トラック島の体験を生かしながら、そっち(病気)がその気で向かってくるなら、まあいい、こっちも一丁やってやろうじゃないか——、それくらいの気持ちになって応ずるのです。トラック島での体験は、兜太の病気克服への対処法にもつながっていったようです。

私は、女性を蔑視しません。
人にいばらない。女性は可愛いもの。
ミューズだと思い、仰ぎみます。

「私には、女性は皆可愛い、愛すべきもの、そういう気持ちが身にしみています」。大家族の中で母親がいびられ辛い思いをしている姿を、幼いころから見ていた兜太は、いつも母親がかわいそうだと思っていました。父親は学校を卒業後上海で東亜同文書院の校医になり単身赴任、母は日本でひとりでした。兜太は母の実家で生まれましたが、小学校に入ると、父を頼って上海に行きました。父は男尊女卑、もうその権化みたいな男で、子ども心にそれを長く感じさせられてきました。

兜太は、戦争に行っても模範的な士官だった、と胸を張っていいます。戦後約一年間、トラック島で捕虜となりましたが、当時の若い連中でつくった「南十字星の会」の会員から聞いても、「兜太は本当にいばったことがなかった、立派な上官でした。飢えて食物がないときは、自分は食べずに我慢して皆に分け与えていました。だからガリガリに痩せてね。見るもあわれでしたよ」と証言しています。彼はまた、「女性はいとおしいですね。あんなに耐えていた母親も齢を経てからは体力も気力もすっかり強くなった。そして、いつも明るい。それがとてもいとおしく思えた」といいます。母親だけでなく、兜太は、女性たち一般を崇拝しています。いつも「女性はミューズだと思い、仰ぎみるようになった」といっていました。性の対象ではなく、女性はいとしいもの、美の対象そのもの、というのが兜太の考えに定着し、女性には優しく、親切に接するというのがひとつのモットーともなっていたのです。

だから、兜太が下ネタの話をしても、女性は笑いながら聞き流すのですね。講演の中でも、きわどい話をさらりとしていました。私などの側でいつもハラハラしていましたが、女性たちは笑いながら楽しく聞き流していました。心の底に、女性に対する愛を潜ませていたから、皆楽しく笑って聞いていられた、ということなのでしょうね。

「俳句αあるふぁ」創刊100号記念の座談会にて。
「ホトトギス」主宰（当時）の稲畑汀子さんとはしば
しば激論を交わした仲でもあった（平成20年秋）

何ごとにもゆっくり。
あわてず急がず、人生は長いもの。
スローライフが私の晩年になっています。

「むかしは、私はせっかち人間だとよく家内にはいわれていましたが、いまはゆったりと構えて行動しています。そんなわけで公開講座や俳句大会などに遅れることもしばしばです」。

そういえば、ある俳句大会で兜太に講演を依頼したことがあります。会場は満員。開始の時間がすぐそこに迫っていました。そんな寸前に、「寒太、トイレはどこだ」、というのです。「えっ、もうはじまりますよ。どうするんですか」というと、「まあ、生理的現象は仕方ないべさ。戻るまでお前がつないどけ！」と、ゆうゆうとしたものです。

隠岐の島へ加藤楸邨の代理でオープニングに出席したときもそうです。もう出港のドラが鳴っているのに、「確かこのへんに乗船の切符があったはずだ」と、鞄の中をごそごそと探しているのです。船はあっという間に港を離れていき……。その日に予定されていたテープカットと懇親の宴は、翌日に延期となってしまいました。

そんな兜太なのに、若いころ中村草田男の講演が時間より長びくと、「おーい、時間超過だ！　もう講演中止、中止」なんてせかして叫んでいたのですから、年齢とともに、せっかちも変わってくるものですね。

「医者にいわれたんだよ。人生長いんだ。ひと電車遅れようが、一生から見たらほとんど変わりないのだから、遅れてもその日のうちに着く、それぐらいのスパンでやってほしいもの」と。このスローライフが、兜太長寿の秘訣のひとつだったのも、間違いなさそうです。

私は、サスペンスドラマが大好き。
時代劇が好きだったのに、
このごろはあまりやっていない。
まあ、テレビで遊んでいる、というところかな。

兜太が、日常の生活のことを、話してくれたことがありました。

「起きるのは、だいたい八時から九時。齢のわりには遅いほうでしょうか。以前は俳句などつくっていたけど、いまは起きたら、ベッドからすぐ出ます。まず、一連の体操ですが、その前に便所に入って、さらに竹踏みの後でシャワーを浴びます。私は風呂ぎらいでほとんどシャワーのみ。これはもう二十年越しの習慣です。

食事は十一時から十二時で朝食と昼食がいっしょ。その間テレビのニュースを観ます。それからトイレ。これは欠かせません。午後一時くらいから仕事に入ります。仕事は夕方までと決めています。外での仕事のときも、毎日のスケジュールに合せるようにしているので、毎週金曜日の朝日俳壇の選句日以外は、全部午後にしてもらっています。仕事は八時くらいで切上げて、夜はいっさいしません。夕食を終えると、テレビは毎晩です。食事の時も観ます。サスペンスドラマが好きでよく観ます。本当は時代劇が好きだったのですが、このごろは少なくなりました。

テレビは観ますが、真剣にストーリーを追うのではなく、何となく観ている感じです。つまらないとチャンネルをカチャカチャ回すので、どんなあら筋だったのか、ほとんど覚えていないことが多いですね。まあ、遊んでいる、という感じですかね。あの女優がよかったかな、くらいしか覚えていません。

それが終わると、さっさと二階に上がっていって、あとは私に勝手にさせてくれていま
す。その後、長男夫婦は、きっと二人でテレビを観ているのでしょう。
睡眠ですが、だいたい十一時までテレビを観て、ごそごそ動いて、またトイレにいって、
ベッドに入って眠るのは十二時ちょっと前でしょうか。ベッドに入ると、すぐに眠れま
す」と。

まあ、これが兜太の一日のようです。特に、寝る前の深呼吸をすること、これがとても
大切だ、といっていました。仰向けになって五回ほど深呼吸すると、すぐに寝落ちしてし
まうようでした。「皆さんもどうぞやってみてください、きっとすぐにぐっすり眠れます
よ」、と誰にでも勧めるのです。

のんびりゆっくり、あわてずあせらず、気のむくままに……、それが晩年の兜太の健康
法のひとつだったようです。

みな子夫人の遺影の前でサイクル運動する兜太　写真＝蛭田有一

朝日新聞の選は、私にとっての、
健康のバロメーターのひとつでした。
いい選ができたときは、
その日の体調がいいときです。

「毎週金曜日、朝日俳壇の選に、熊谷から新幹線で上京し、新聞社に出向きます」という兜太は、毎週七千句ほどの中から選句をしていました。十一時くらいに専用の選句室に入って、終わるのは五時。選句の途中で何回かトイレに入ります。眠くなるので、トイレの帰りに廊下を深呼吸をしながら歩き、運動をします。昼食は洋食・寿司・中華料理、四人の選者のその日の気分で変わることもありますが、ほぼ同じものです。食事は一時間たっぷりかけます。刷りたての新聞を読みながら、よく嚙みゆっくり食べる、これが兜太の選句日の一日、これを基本としていました。

兜太は、もともとは早食いでした。大家族で育ったためか、あっという間に食べ、他の人より余計に沢山たくさん食べる、そういう習慣がついてしまっていました。軍隊のときもそうでした。「早飯・早糞・早草鞋（わらじ）」、これが基本です。そんなわけで、若いころの兜太の食事は早かったのですが、中年になったころから、これではいけないと、ゆっくりよく嚙んで、間をかけて食べるようになったのです。この食事の習慣を植えつけてくれたのは、欧米の食事法でした。ヨーロッパではみんなでおしゃべりを楽しみながらゆっくり食べ、食後はゆったりとお茶を飲みます。マイペースを崩さない。彼らが丈夫なのはそのせいだといいます。兜太もいつも自然とそれを守ることにしました。残してもいい、食べられる分量を食べ、無理をせず平気で残す、それが大切だ、と語ります。

食いしん坊なのと、
子どものころのひもじいとの思いから、
いくらでも食べます。これが危ない。
太りすぎは、最大の敵なのです。

「いまも食欲旺盛。これを抑制するのに苦労しています。いちばんいいのは、家庭料理ですね」。この兜太の健康を管理していたのが長男夫婦、特にお嫁さんの知佳子さんはいつも健康に気を付けた食事に心を配ってくれていたようでした。兜太はよく、「彼女がいないと一日も生きていけない」などと大袈裟にいっていました。でも、それは決してオーバーではありません。八十代のはじめに医者から糖尿の気があるといわれたとき七十キロあった体重は、知佳子さんのおかげで十キロ近く落ち、六十二キロの理想的な体になったのです。

基本的に食事のペースを崩さないこと、それが兜太にとっては、とてもありがたいことなのです。仕事以外の外食を止め、なるべく早く家に帰って家庭料理を楽しむようになりました。その後、兜太は少し太りました。というのは、六十二キロの体重は、兜太の忙しさからすると疲れやすいのだそうです。あまり体重を落としすぎると、耐久力がなくなりダメなんですね。それを感じて、少しだけ上げて、六十四キロぐらい、それが兜太にとってはちょうどよく、この体重を保つことが健康のバロメーターである、と常にいっていました。

だから、食事の管理をしてくれている知佳子さんには、いつも感謝していました。そして、長男の真士さんは常に兜太の仕事場に同行してくれました。息子夫婦が揃って兜太を気遣い、見守っていてくれたのです。晩年の兜太には、まさに家庭的に恵まれた環境だったといえるでしょう。

私は、尿瓶（しびん）愛好者です。
それは、父の死以後、ずっと守っていることです。

晩年の兜太が尿瓶を愛用していたことはよく知られるところでした。兜太のベッドサイドには、必ず尿瓶が用意してあります。ベッドに入ってから朝起きるまで、兜太はトイレに行きません。ベッドから下りて立ってそこで用を済ませるのです。旅先にも小さくて軽い携帯用を持参しました。

なぜ兜太が尿瓶愛好者になったのか、聞いてみたことがあります。それは父・伊昔紅さんの死に関係がありました。八十八歳で亡くなったのですが、父親はいつも丸裸で寝る習慣がありました。ある日、裸のまま夜中に起きて、田舎の寒い便所へ向かい、その帰ってくる途中で脳出血に倒れ、そのまま植物状態になって五日後に亡くなったそうです。頑健そのもので、叩かれても死にそうもなかった親の無念の裸を見て、自分は絶対に夜中にトイレに行くことはすまい、そう決心してから尿瓶を愛用するようになったのだ、というのです。

兜太は、「これは本当にご推奨いたします。いまは軽い女性用のも二、三種類あります。どうぞ遠慮せず気軽にお使いください。我慢するのはまったくよくない。出るものはすっきり出しましょう」と、晩年はいろいろな人に勧めるほどの尿瓶愛好者になっていました。たしかに人間の排泄はとても大切なことで、兜太は出先でも決まった時間が来たらトイレに行きます。そのとき必ず一緒に目薬もさすのです。そうすると、目薬も忘れない、といいます。トイレと目薬。このセットが兜太の原則でした。

禿(はげ)げも健康のひとつ。
気にしないこと。抜けてもいい。
帽子をかぶるのもいい。

「私は四十ちょっとには、もう髪の毛はぬけていました。トラック島では軍帽をかぶっていたんです。理髪屋にもいかなかったですね。手入れをする意識なんかまったくなかったのでどんどん抜けていきました」。

兵隊から帰ってきて、日銀に戻った兜太は国庫局総務課に入りました。そのとき、「金子君、その毛何とかしてくれよ、そのボーボーを」と、バケツ一杯のポマードを渡された、といいます。

兜太はひとさまのように禿げ頭をまったく気にしていません。帰って来ても、理髪店にいくのは三ヶ月か四ヶ月にいっぺんくらいでした。「だいいち毛があまり伸びないんですな。理髪店もむかしからの馴染みなものだから、義理でいっていたようなものです」、と暢気そのものです。

「家内にいわれて、直射日光が当たらないように帽子はかぶってます。むかしから頭寒足熱といいわれますよね。頭は冷えている方がいいと思っています」と、平気です。

彼は、「髪の毛は全身に回っている」と考えています。「髪の毛を数えたわけではないけれど、人間、三本毛が少なくなると猿になるといわれているでしょ。頭の毛は落ちても体のどこかに、余分な毛は残っている、だから体の中のどこかには、抜けても残っている、そんなふうに考えているんです」と、奇妙な持論を持ち出すのです。

理髪屋へ行きます。そうすると主人が「金子さん、耳の穴の毛が増えましたな」という。それで兜太は「そうですか。頭の毛がこのごろ耳の方へ回って、それで増えたんです。このごろ私の頭の毛は、耳の方へ回ったり、おヘソの下のあたりに回ったり少し変ですね。でも総体的にはプラスマイナスすると、プラマイゼロ。それでいいんじゃないですか」。何とも奇妙、だがこんなユーモラスな問答を披露もしているのです。そのあたりも、いかにも兜太らしいですね。兜太は、全身が敏感だ、と平然と自負しているのです。

熊谷の自宅にて

中学生のときから近視で眼鏡をかけていました。
でも、親父は一生かけなかった。
私は、目そのものが丈夫なんです。

近視だが、眼鏡をかけると細かいところまで見える、と兜太は自慢していました。白内障の手術はしていないので、白濁の症状は出ていましたが、「駅のプラットホームに立っても時刻表が見えにくい。でも、俳句の選句には支障はまったくないですよ」、と平然としていました。妻みな子さんのいちばん上の姉が眼科医で、六十代から定期的に診てもらい、白内障予防の目薬を頂いて、赤と黄色の二種類、それを毎日二回さしつづけていたようです。

父親には、「若いクセに近視なんかになりやがって、オレは近視は大嫌いだ」と怒鳴られたことがあるそうです。「別になりたくてなったわけではないし、勝手に怒るな！」と思ったようですが、父親は明治生まれで頑固オヤジ。男尊女卑の塊のような男で、子どもなんてぶん殴って育てる、それがあたりまえの教育だ、と思っていました。そんな男で、仕方がないので、いわれるままにしていたと、あきらめ顔でした。

そういえば、筆者が兜太に会ったときは、もうすでに眼鏡はかけていました。眼鏡の底から見据えるように、「いいか、寒太よ、いい加減な気持ちで俳句をつくるんじゃァネェぞ。そんなんなら俳句なんぞやめちゃえ。他にいろいろ面白いもんがあるんだから……。つくるんなら真剣につくれ！」これは、もう会うたびにいわれたことです。他のことに寛容な兜太が、こと俳句に話題がおよぶと、眼鏡の奥の目がぎらりと光りました。優しい兜太でしたが、私のことを子どもか弟のように思っていたのだ、と、亡くなってみてはじめてわかりました。

耳・喉・鼻・舌……、
齢のわりには丈夫です。
丈夫に生んでくれた母には感謝、感謝ですよ。

「耳は、補聴器は必要ありませんね。テレビもちょっと普通の人より音量を上げれば十分。首から上の部位は、ほとんど問題はありません。しいていえば、ときどき声がしわがれたり、この三、四年ですが、夏から秋にかけて、食べたものが喉にちょっと滞る感じはあります。嚥下（えんげ）作用がうまくいっていないらしい。主治医には、神経作用か、あるいは狭心症か何かの前駆症状が出てくる場合がある。その期間だけは、行動をひかえて、静かにしていてください、そういわれたことがあります、そういわれたのは、七十八歳のころでした」、という。

その後、兜太は、ＮＨＫ放送文化賞のパーティで食物が喉に詰まって大変だった話、また朝日俳壇の選の途中に昼食を急いで食べ、固いものが詰まって医務室に運ばれた話などにおよび、「やはり、齢をとると喉の潤いが少なくなって詰まりやすい、嚥下作用は老化するんですね。気を付けないといけない。食物はゆっくりとよく嚙み、ていねいに食べることですな」、と話を結んでいます。

そんな兜太が、まさか最期に、その嚥下障害でいのちを失うなど、きっとこのときは思いもよらなかったでしょう。

おなかこすり、竹踏みと屈伸運動、
健康にいいと思うことには、
なんにでも挑戦し、休まず実践する。

おなかをこすること、それは兜太のお家芸といってもいいでしょう。乾いたタオルでおなかを右手、左手で三十回ほどこすります。簡単なようで、これを休まず続けるのはなかなか難しいですよ、という。これは学生時代にはじめ、軍隊に行っている間も、欠かさずに続けました。兜太の最大最長の健康法、といってもいいかもしれませんね。ある人がいうには、おなかというのは冷えやすく、それをこすって温める、まして起きぬけにそれをやるのは、とてもいい健康法のひとつだそうです。

もうひとつ、兜太の朝の日課は、竹踏みです。これは、一日に三百回ほどやっていたといいます。みな子夫人から、「そんなにきつく踏んだら、心臓によくない。もっと静かにやらないと」と注意されましたが、「軽くやったのでは効果がない。むしろ、そうする（強く踏む）ことが血行をよくし、それが元気のもとになる」と頑張りました。むしろ、休んでしまうと自分の気持ちが悪くなる、だから欠かさない、と、自信を持っていっていました。

屈伸運動もしています。体を前屈みにすると、晩年でも床に手がついた、といいます。そしてしばらく手をつけたままにしていることもできます。「ときどき体が曲がりにくく、手が床までつかないときは不安になってしまう」と心配する兜太。これも彼の健康のバロメーターになり、これができなくなったときはひとつの限界、と感じていたよう。私などは手が体の半分も着きません。兜太の体の柔軟さには、感心しきりです。

私は、褌(ふんどし)愛用者でもあります。
ほとんどパンツははきません。
海軍褌といって、軍隊時代からの布一枚のものです。

むかしの兵隊さんは皆そうだったらしいのですが、パンツははかず、褌を締めていました。兜太は「よくある六尺褌（晒）はおなかを締めつけるのでよくない。海軍褌といって、細い紐が一本、一片の晒、これに限る」といっていました。海軍のときからこれを愛用し、終生それを身につけていました。

褌は一枚のひらひらの布ですから、非常に風通しもいいし、睾丸が蒸れることがないし、また汚いものがたまることもなく衛生的でいい、と兜太のお気に入りの愛用品です。

この海軍褌、いまではその布がなかなか手に入りにくくなっています。でも金子家では買い置きもあり、切れると知人が持ってきてくれて、とても助かっているのだ、といっていました。そんなに消耗するものでもなく、とても持ちのいいものなので、ぜひお勧めします、と宣伝していました。

「男だけに限りませんよ、女性にもお勧め」との兜太の言は、雄弁でとどまるところを知りません。男女を問わず、いつも風通しをよくしておくことは、とても身体にいいことではないか、ともいっていました。

褌をしていると、おなかの調子もとてもいいらしいです。人間の体だから、時にゆるくなったりはするけれど、すぐに治ります。しかし、いくら兜太の勧めとはいえ、私の年齢でも、ちょっと褌はねぇ、と躊躇してしまいますが……。

よく、兜太っていい俳号ですね。
なんていわれるけれど、これは本名です。
兜を被っていく、突撃兵です。

寒太は「寒雷」（加藤楸邨主宰）の太郎。では、兜太は？　と問われることがあります。でも、兜太のほうは本名です。兜は皮かぶり、つまり包茎の頭ということで、兜太の名は、敵に突っ込んでいく突撃兵なんだ、などという冗談をいって、笑っていました。

われわれの共通の師・楸邨は八十八歳で亡くなりましたが、最晩年に自宅での会話の中で、私に向かって「兜太君、兜太君」と話しかけてきたので、てっきり金子兜太のことを問うているのかと思ってよく聞いていると、どうも話がとんちんかんになる。途中で、ああ、先生は自分（寒太）のことを、兜太と勘違いしているな、と気付き、「先生、兜太ではなく、寒太ですが……」と話の腰を折ると、本人も途中で気付いて、「ああ、ごめんごめん、寒太君だったね」と、いい直していました。寒太の方は、楸邨が付けてくれた私の俳号です。

兜太は兜太の父・伊昔紅（元春）が付けた本名です。

兜太の父は漢詩や漢文が好きで、兜太の兄弟や、親戚の子どもたちの名前も頼まれて、いくつか命名した、といいます。その父に名付けられた名前ですが、兜太はトラック島にいたころ、兵隊仲間に、「包茎、包茎、皮かぶり」と、よくからかわれて、そのとき医師に手術をしてもらったそうです。ただし、島には麻酔がなく、生のまま短刀で切ったので、そのときの激痛はすさまじいものだった、とのちにエッセイにも書いています。

そして、めでたく手術が成功したことで、自分はこれからどこにでも突撃していける、兜をかむった太い男、ということで、本名ではあるが、この太い兜の漢(おとこ)の名を、とても大切にしているんだ、と語ってくれました。

師、加藤楸邨が兜太に当てた年賀状に、おどけた一句があります。

初日粛然今も男根りうりうか　楸邨

さて、「学士会アーカイブス」会報に、兜太が講演の枕に話したこんな話が載っていました。それを紹介します。

「父は兜太と命名して、「トウタ」と母の実家に電報を打った。トウタというと、田舎の人の常識ではムカデ退治の俵藤太秀郷の「藤太」だろうと、「藤太」と届けたところ、後から手紙が来て「兜太」と書いてあるんで、あわてたようです。大正八年当時、その名前の書き替えに大変時間がかかったようでございます。私はどうも夏の生まれ、多分八月生まれじゃないかと思うのですが、ゴタゴタしているうちに、九月二十三日という秋彼岸の中日に生まれたことに決めたようでございます。だから、沙汰の限りにあらずという生まれでございまして、おかげで毎年おはぎをつくって祝ってもらっているという、多少甘い男ということになるんではないでしょうか」。

# 第五章 人間の存在といのち

定住しつつ漂泊しているのが、
人間の生きている姿だ。

金子兜太が、いつごろから「定住漂泊」をいいはじめたのか？　年譜によれば、昭和四十六年（一九七一）、五十二歳の九月、「定住漂泊」を「週刊読書人」に執筆、とあります。その二年前の年譜には、「この頃より、兜太変節、後がえり（伝統回帰）の批判が起こり、それに反論」、と書かれています。

『金子兜太集　第三巻』の巻頭に、「定住漂泊」なる一文があります。そして山頭火・放哉の生き方を述べた後、こう書かれています。少し長いが、引いてみましょう。

「漂泊とは流魄（るはく）の情念であって、山頭火や放哉の場合は放浪を伴ったが、かならずしも放浪を要しない。さすらいの現象態様ではないのだ。そうではなくて、反時代の、反状況の、あるいは反自己の、または我念貫徹の、定着を得ぬ魂の有り態（てい）であって、その芯に〈無〉がある。無は、諾（うべな）う対象としてあり、あるいは、絶つべき対象としてある。人さまざまだ。

そして、諾うことも、絶つこともなく、無の気分の中にあるとき、流魄は日常性の中に薄められて、ただ日常を流れるままとなる。日常漂泊だ。山頭火が木賃宿で同宿した人たち――猿廻し、子供づれの夫婦の遍路、尺八の老人、「世間師」たち――はそれである。住時の遊行者のおおかたもそうであったにちがいない。

諾うにせよ、絶つにせよ、気分の無と争うとき、流魄の情念は燃える。精神といえるものがその争いのなかに見えてくるとき、流魄は求道のおもむきを具える。私は、この争いのなかの流魄情念を定住漂泊と呼ぶわけだが、その有り態は一様ではない。一様ではないが共通していえることは、日常漂泊のように日常性のなかに流れないことだ。逆に、日常のなかに屹立するのである。屹立させるものが、その者の心機にある。そこに詩もある」

といい、その文章を、

「現代のいま、日常漂泊のひろがりを見る。都市住民はもちろん、農山村住民も流魄の日常に面しているわけだが、その自分に気づかぬまま、しだいに日常漂泊のなかに入ってゆく。相応の物質があり、日々を糊塗しうる小歓楽があり、ささやかな愛憎があれば、それが流魄を癒すというのであろうか。それだけに、定住漂泊者のみが、もがき、あせり、喚び、そして、ときに確然と無に立ち、ときにひょうひょうと〈自然〉に帰してゆくばかりである。だから、彼らの屹立じたいが、まことに孤立的なのだ」

と結んでいるのです。

この「定住漂泊」は、その後、兜太のモットーともなって論を展開してゆくのです。

昭和40年代の兜太

定住漂泊、これは私の造語です。
五十二歳で旅をして、五十三歳で本にしました。

海とどまりわれら流れてゆきしかな　兜太

前のことばでも「定住漂泊」にふれましたが、ついでにこれを思いついたときの、兜太のエッセイにもふれておきましょう。

「間もなく五十五歳の定年を迎えようとしているころ、私は家内と初めて北海道旅行をしました。「海程」の創刊記念で初の大会を北海道でやった、その後家内と釧路へ行き、摩周湖、屈斜路湖、美幌峠、網走湖、トウフツ湖、さらにはノトロ、サロマと巡りました。掲出の句は、その時オホーツク海沿岸を歩き、やがてそこを離れ旭川に出るときの車中で出来たもの」、だというのです。その後につづけてこういいます。

「昭和四十年代なので、まだ会社は辞めてはいませんでした。ふと、東京のあの薄暗い職場で働いている同僚の姿が脳裏をよぎったんですね。本当ならわたしもその職場にいるはずなのに、今、自分は遠い北海道の大地を列車に揺られながら横断している。この解放感、何ものにも束縛されない自由の身が、とてつもなく新鮮に感じられた」、このように兜太は回想します。

「その瞬間、自分の中に「漂泊」ということばが体の深いところから起き上ってきた。そうかこれが漂泊というものか。一茶や山頭火が山野を歩いてゆく姿と重ったのです」。その思いが「定住漂泊」という造語となって、兜太の中で落着いた、そう書いています。「「定住」と「漂泊」ということばそのものはそれぞれあったのですが、これを四文字熟語に定着させたところは、われながらなかなか天晴れだ」、こんなふうに本人はいっていま す。そして、それをそのままにしておきたくなく、感じたままをすぐに書き留めて本にしよう、旭川から急行で函館まで当時は三時間くらい。その間ずっと原稿の下書きを綴っていたようです。それを、本人は「それこそペンが追いつかないくらいに高まってきて、あのときの何ともいえない昂揚は、いまでも忘れられません」と、漂泊をひろげます。

さらに、勤務中も銀行をぬけ出して隣接する知人の倉庫でまる二日間かけて清書して完成させた、それが一九七二年、五十三歳のときに『定住漂泊』（春秋社刊）となって刊行されたのです。その後、晩年まで、この「定住漂泊」は兜太を思想付ける、大切なイディオムとなりつづけています。

日本銀行定年退職後（昭和49年）
写真＝夕刊フジ写真部

存在感というのは、
「命の気合」のようなところで感じないと、
本当には感じられませんね。

存在感は、金子兜太が年齢を重ねるごとに口の端に上ってきたことばのひとつです。理屈では割り切れないものである、ともいっています。

このことばが、やがて〝アニミズム〟へとつながっていくわけですが、もうひとつ次のようにいいかえてもいます。「私は『存在者』というものの魅力を俳句へ持ち込み、俳句を支えてきたと自負しています。存在者とは、『そのまま』で生きている人間、いわば『生』の人間、率直にものを言う人間たちのことです」（『朝日新聞』二〇一五年一月三十一日朝日賞スピーチ）

これは、いうまでもなく中部太平洋上のトラック島で金子兜太が実体験した、悲惨で過酷なる体験を経てのことばであることにちがいありません。

そして、「あの叫び声が、死体の肉の臭いとともにある、とても忘れられるものではない」と結んでいます。戦友の死を無にしないために、兜太は、残された人生を「存在者」として生きる、そうはっきりと宣言したのです。

愛する者たちを死に到らしめた、その悔いが痛みとなって残っているのだ、ともいいます。そして「私自身、存在者」として徹底した生き方をしたい、そのために生涯を捧げたい、と繰り返し繰り返し述べていました。そして、それを貫いて亡くなったのです。

修羅をくぐりぬけた者だけが、声を大にしていえることばでしょう。

社会の中の人間ではなくて、
「生きものとしての人間」、
そういう視点から見ないと、
それが作りあげた社会の正体は、分からない。

これは、『今、日本人に知ってもらいたいこと』（ベストセラーズ・二〇一一年刊）の中にあることばです。半藤一利（歴史学者）との対談の中で、昭和という時代をすでに忘れてしまいつつある人々への提言として、兜太が語ったものです。苦難の歴史の中に、日本人は何を教訓として学び、一方、何を置き去りにしてきてしまったのか、真剣に語られたことばの片鱗です。

話はやがて、アニミズムとは何か？　という原点にまで行きつきます。それは、「ズバリ〝原始宗教〟であると思っています」、と断言しています。

人間は、もともと自然と共生し、補い合いながら生きてきたはずです。互いが精霊を感じながら、信頼し合って生活してきたのです。この信仰する姿がアニミズムです。兜太はふるさと秩父や一茶のふるさと柏原など、あらゆる土地、そして人々の生き方の中にアニミズムを感じ、人間本来のいのちの尊さを確信するようになったのです。もちろん、先の戦地に赴いたトラック島でもそうです。すべて「生きもの感覚」を、身をもって受けてきました。産土（うぶすな）につながる遥かなる想いです。原郷を見つめ、〝アニミズム〟を、身にしみ込ませて生きてきたことで、「生きもの感覚」に達したわけですね。

ことばにはっきりと出して表現したのは晩年のことですが、その思想は、生まれながらにして備わっていた、そう考えた方がいいでしょう。

「荒凡夫(あらぼんぷ)」、
それが私にとっての、
大きな座右の銘です。

このことばは、一茶が晩年悟った阿弥陀如来をもとにしたものです。「荒凡夫の愚の生活を阿弥陀如来さま、どうぞお許しください」という調子で書いているところから、兜太も「そうだ、自分もそのとおりだ」と感銘し、自分の座右の銘にしました。自分は本能丸出しの煩悩具足(ぼんのうぐそく)の人間で、どうにもこうにも立派な人間にはなれそうもない。そこで他人さまには迷惑をかけないかたちで、なんとかこのままいくしかないと、「愚の上に愚を重ねる」と、一茶はいったのです。彼も、それまでは商売のために動き回っていたのです。

さて、兜太は自分流に、「荒凡夫」イコール自由で平凡な男、という意に解釈しています。「荒」を、乱暴・荒々しい・粗野ではなく、「自由」と置きかえて、そうとっています。自由で平凡な男、偉くない男。平凡ということの中には、一茶がいうように煩悩具足、このままで生きる。要するに欲を殺したり、善人になったりして生きるということは、もう考えまい、ということなのです。

ありのままの自分で自然に生きていく、ただ、人に迷惑だけはかけない。ここに自由ということがあります。それが兜太流の、荒凡夫です。

兜太はいいます。「私は、偉ぶっている人は大嫌いです。そういう人間には、どこかに無理があるからです。そういう人はストレスがあって結果的には長生きできないと思う」。

体で生きていない、頭だけで生きているというのです。兜太は、どうもそれはあらゆることにも通じ、ご立派な評論でも頭だけで書いているものには説得力がない、ともいっています。さらに、「そういう人は、皆から嫌われていくのだ」とつづけています。「大衆性と一流性が一緒にならなければ、本当の一流にはなりえない」。要するに、兜太は、荒凡夫であるかどうかを、文化人を見る場合のひとつのバロメーターにしていたフシがあります。そして、その荒凡夫こそが兜太自身の健康のもとでもある、としめくくっています。

加藤楸邨筆墨展（神田東京堂）にて、
あいさつする兜太と筆者（昭和57年）

物事を成就させるのは、
「運・根・鈍」ですね。
その中でも「運」が一番大事です。

昭和四十年代から五十年代にかけて、兜太が書いた著書には山頭火と一茶に関するものが数多くあります。彼らの人生をたどると、芸術性だけでは成り立っていません。「芸術性と一般性の接点がなければならないが、その接点をさがさなければ駄目、その接点は、運・根・鈍、である」、と、兜太は書いています。そのふたりに共通しているものが自分にもある、と兜太は説いています。そのうえで、つまり、「運」は自分で切り拓くもの、「鈍」は自分の決めたことをこつこつとやり抜くこと、急がず、じっくりと歩むこと。そのためには「根（こん）」、粘り強さが必要である、と教えています。つまり「自分の人生をマイナスにもプラスにもするのは、この運・鈍・根です。腹固めすることで、自分の運を開き、そのうえで鈍（のろ）い努力を重ね、また粘りをもってそれを続ける、このことにつきます」と、断言しています。

九十八歳と五ヶ月を生き抜いた金子兜太の、しぶといことばがここにあります。

トラック島では何人も餓死し、爆撃を受ける中で生きながらえた兜太は、本当に運がいい男としかいいようがありません。また、他の世界にはわき目も振らず、俳句一筋を貫いた兜太。決めたことはとことんやり徹する姿勢、そして、いったん決めたらひるまずに続ける粘り、これも兜太そのものでしょう。

掲出のことばには、兜太の生き方そのものが現れていて、私たちの指針となってくれます。平凡で、しかも自由でありたい、そう願った兜太の姿を、しっかと見ることができます。

「覚悟を決めている」と、
被災地の看護師さんがいっていた。
あの一言が胸に響く。

３・11東日本大震災では、東北電力はコストを考えて、選んで津波対策を薄手なものにしました、その新聞記事を読んで、兜太の怒りは心頭に発しました。この巨大独占企業は、明治と昭和の大津波による東北の人々の悲惨な体験と酷(ひど)い痛手を、まるっきり無視していた、というのです。瓦礫の野っ原と化した映像が繰り返し映し出されるたびに、兜太は、口惜し涙を流しました。

国も、地方も、ひとりひとりも、思惑をめぐらすことをせず、ためらわず、やるべきことをやってもらいたい、そう兜太は訴えてきました。

「皆が積極的行動を起こせば、喧嘩のようなこともはじめは起きるだろう。けれどおのずと調和が実現する」、そういった後、兜太は冒頭の、「覚悟を決めている」ということばを引用し、つづけて次のように述べています。

「被災地のひとりひとりが耐えている。じっと耐えているその姿に、人間としての水準の高さを私は感じた。いまさらのように、日本人は優れた民族だという印象を私はもった。人間としての資質に自信をもって、覚悟をもって、積極的に対応してもらいたい」。

兜太には、以前の昭和八年に起きた三陸沖地震の記憶が、いまだに鮮明でした。当時中学二年生で、その後昭和十一年に二・二六事件が起きたのです。反乱を起こした青年将校たちは東北の農村出身者が多く、彼らは郷里の人々を救おうとしてあのような行動を起こしたのだという話が、秩父谷の少年兜太の耳にも入ってきました。当時の東北飢饉の根っこには、三陸沖地震があった、と兜太は考えていました。

そして、平成二十三年三月十一日、東日本大震災が起きました。震災のあれから七年を迎えたいま、果たしてその傷あとは、癒えているのでしょうか。

原発はつぎつぎに再稼働し、それればかりか安倍晋三首相は、その原発を積極的に外国にまで売ろうとしています。日本人は、そんなことを許していいのでしょうか。

あの惨状を、もうすでに忘れてしまっているのでしょうか。何もかも虚しい現状です。金子兜太も、「他界」で、きっと嘆き悲しんでいることでしょう。

熊谷の自宅にて(平成29年10月)

九十二歳で、胆管がんの手術。
普通の人なら、まずやりません。
でも、あっさり決めました。

二〇一一年の秋、血糖値が上がり入院した兜太は、肝臓から胆嚢(たんのう)・膵(すい)臓の出口あたりを連ねている管に腫瘍が見つかり、初期がんの可能性があると診断されました。そのあたりの内臓は非常に複雑で、手術などそう簡単にはいかない、と診断書には付け加えられました。

「いくらなんでも九十すぎの手術は無理です」と医師にいわれました。周囲の人たちも皆反対しました。けれども、兜太は即決で「先生、やってください」とお願いしました。彼には、あの悲惨な戦争から生き残って帰ってきた、強い運の持ち主であるという自信がありました。だから兜太には、迷いはまったくありませんでした。むしろ、本人より他の人のほうが驚いたのです。「えっ！　やるの」という感じだったのでしょうね。そのときの先生の奇妙な顔をはっきりと覚えている、と後に兜太は話していました。

約半月の間は、果して手術に耐えられる体力があるのかどうか、徹底的に検査、検査でした。そして、最終的になんとか大丈夫でしょう、という医師の判断により、二〇一一年十月十七日、めでたく手術ということになりました。

病床に秋のひかりを満喫す　　兜太

入院したのは、二〇一一年の秋から冬にかけての約二ヶ月半です。非常に難しい手術でしたが、兜太には内心勝算があったようです。見舞いに行った私にも話しました。「寒太ががんで入院したときも、皆、寒太はもうダメらしい。そんな噂が流れていたんだぞ。でも、大丈夫、彼はきっと治って生還する。俺たちは運のいい男だ。そう思っていた。俺も寒太も強運なんだよ。心配することはない。俺たちには運があるんだ」、そんなふうに、入院中の慶應義塾大学病院でもらしました。私が入院手術したのも同病院。ふたりはがん友でした。

このことば通り、九十二歳にして胆管がんの手術に成功、兜太の運の強さを思い知らされました。私も、二度のがん手術を経て、何とか頑張っていますが、兜太は九十八歳で亡くなってしまいました。誠に残念至極でなりません。

葉桜のまつただ中へ生還す　　寒太

埼玉県秩父の皆野町で行われた89歳の誕生日祝い。
兜太と同じ9月23日生まれの筆者（兜太の右）と上田日差子さん（右端）も一緒にお祝いをした（平成20年9月23日）

あわてず、あせらず、たっぷり生きる。

九十二歳での胆管がんの手術が成功したのち、兜太の身体はしばらくは安定していました。しかし、三年経ったころ、術部が炎症を起こし発熱したのです。月々通っていた熊谷の病院から、信濃町の慶應義塾大学病院までタクシーを飛ばし一週間ほど入院しました。膵液が漏れてまわりの臓器をとかし、合併症を起こしてしまったのです。

熊谷の近くの病院が気付いてくれて、それを受けていち早く慶應義塾大学病院の先生方が適切な処置をほどこしてくれたおかげで、大事には至りませんでした。兜太は、「本当に幸運な男です」と感謝し、あとはまた順調に回復しました。

そんなこともあって、九十一歳から九十五歳までは、兜太はいろいろな病気と付き合って、いつも危機を乗り越えながら元気に生活しているうちに、次第に「他界」という考えが、少しずつ兜太の頭の中に芽生えてきたようです。運がいいということもあるのですが、「いのちは死なない」「死んでも別の世界で魂は生き延びている」「居る場所がただ変わっただけ」。そんな兜太の「他界」説に、周囲の人が興味を持ちはじめ、とうとう『他界』という一冊の本にまでなったのだ、そのように兜太は楽しそうに語ってくれました。

「あわてず、あせらず、たっぷり生きる」、これが九十八歳五ヶ月を生きた兜太のことばでした。ここまで生きた人でなければいえないことばでしょう。

「他界」、死んではいない、それは期待感ではなく、兜太の確かな自信だったのです。

「他界」は、忘れ得ぬ、記憶、故郷――。
なにも怖がることはない。
あの世には懐かしい人たちが、いっぱい待っている。

わが世のあと百の月照る憂世かな　　兜太

という句があります。あの世には、穏やかなもうひとつの世界があります。死ねばその世界にゆっくりと移行してゆくだけ、その世界こそ「他界」である、というのです。兜太はいま、ゆっくりと他界へ移り、親しい人たちと語り合っているのでしょうか。

掲句について兜太は、死んだら他界のほうにもっといい世界があって、いま自分が残してきた憂き世には「百の月照る」、ここに寂しさを込めたのだ、と解いています。明るい気持ちではない、寂しいものだなあと、……。

そして、この今の世は、他界より寂しいものだと思えるような死こそが理想の死、希望の他界ではないか、ふとそんなふうに思ったりもするのです、そう添えてもいます。

「人間は、死ぬときの「場」が大切だ、そのためには生から死への移行ができるだけ穏やかなのがいい」、ともいっています。

兜太は、もともと本能的に原郷を夢見る資質があって、生と死が完全に同化したら、本当にアニミズムの世界へ、まっすぐにつながると思っていました。

「死んでもいのちは生きている」

「肉体はなくなっても、そこに宿っているいのちは死なない」

「他界していのちはあの世の世界へ移っていく」

「そこには女房も、おやじも、おふくろも、親しい人たちもいる」

そんなことを、問われるままに話していました。

これより先には「他界」がある、そうしっかりと信じて兜太は旅立っていったのです。

この「他界」説は、何回もかけて語り下ろしたもので、かなり長い時間がかかりましたが、『他界』（講談社）として二〇一四年十一月に単行本として、ようやく出版されました。

井の頭公園にて（平成24年） 写真＝清野泰弘

犬も猫も雪に沈めりわれらもまた
さすらいに雪ふる二日入浴す

俳誌「海程」平成三十年（二〇一八）四月号に、兜太最期の句が掲載されました。

雪晴れに一切が沈黙す
雪晴れのあそこかしこの友黙る
友窓口にあり春の女性の友ありき
犬も猫も雪に沈めりわれらもまた
さすらいに雪ふる二日入浴す
さすらいに入浴の日あり誰が決めた
さすらいに入浴ありと親しみぬ
河より掛け声さすらいの終るその日
陽の柔わら歩ききれない遠い家

の九句です。これらが兜太の辞世句となりました。

長男・真土さんによると、兜太は一月八日に体調を崩して緊急入院し、二十五日に一時退院。それから二月六日に再入院。その間日中は埼玉県熊谷市上之の自宅、夜は安全のため車で十五分ほどの近くの高齢者施設を行ったり来たりで過ごしていました。

掲出の九句は、退院中の約十日間に詠まれたものです。B5判の原稿用紙に整然と書かれていて、ご子息の妻、知佳子さんに渡されました。これが金子兜太の最期の句（メッセージ）となりました。

真土さんがいわれるには、創作への意欲は最後まで衰えることはなかったそうです。五から八句目の「さすらい」のことばが繰り返されていますが、いかにも『定住漂泊』の著書がある金子兜太らしい、心の揺れが伝わってきます。四句目の句は、かつての「犬一猫二われら三人被爆せず」（『暗緑地誌』）の句をも想像させます。そんな句との関連にも、どこか通いあうかもしれませんね。

「熊谷に定住して、私と妻（みな子）、それと長男（真土）の生活に、妻が野良犬を一頭かわいそうだと連れてきた。猫の雌雄を貰った」（自選自解）といっています。

いまごろは、先に逝ったいろいろな仲間たちと、この世であったさまざまなことを、「他界」で語り合っているのかもしれません。

雪晴れに一切が沈黙す
雪晴れのあそこかしこの友黙る
友窓口にあり春の女性の友ありき
犬も猫も雪に沈めりわれらもまた
さすらいに雪ふる二日入浴す
〃　に入浴の日あり誰が決めた
〃　に入浴ありと親しみぬ
河より掛け声さすらいの終るその日
陽の柔わら歩ききれない遠い家

兜太最期の句稿

## あとがきにかえて　縁――楸邨・兜太・寒太

石　寒太

平成三十年（二〇一八）二月二十日二十三時四十七分、金子兜太が埼玉県熊谷市内の病院で亡くなった。誤嚥性肺炎からきた急性呼吸促迫症候群であった。九十八歳と五ヶ月、白寿を前にしての「他界」であった。

前々から「炎環」（筆者の主宰する俳句誌）の創刊三十周年記念会には必ず出席するからと、何度も念を押して約束していた。が、一月八日、ご子息の真土さんから「いま、誤嚥性の肺炎で緊急入院してしまい、医者から三週間ほどは絶対安静といい渡されたので、残念ながら貴会には出席がかなわなくなりました」と、連絡が入った。私のふたりの孫たちは、当日の花束贈呈のリハーサルを重ねていたので、がっかりした。が、私の中では内心安堵した気持ちもいくらかはあった。万が一、来場の途中あるいは帰途で何かあっては、それこそ大変なことだという気持ちもどこかにあったからだ。そんなわけで兜太の臨席の祝賀会とはならなかったが、前年、平成二十九年の十一月二十三日、「現代俳句協会創立七〇周年記念大会」の祝賀会には、兜太はすこぶる元気な顔を見せて特別功労賞の表彰を受け、感謝の気持ちを込めて、父・元春（伊昔紅）作詞の「秩父音頭」を熱唱し大喝采を浴びた。

それが公の場での最後の姿になった。

三月になって一日・二日と近親者のみの通夜・葬儀を執り行うという通知をご遺族より頂いたが、前年から約束していた愛媛県八幡浜での第三十三回「富澤赤黄男顕彰俳句大会」の講演・選者の任と重なり、真土さんにその旨を伝えた。すると、「わかりました。では、今日は空いていますか？　親父の棺がまだ自宅にありますので、よろしかったら顔を見てやってください」と仰る。私は新幹線に飛び乗り、午後の一便で熊谷のご自宅に向かった。二十五日（亡くなって五日目）のことであった。

棺に安置された兜太の顔は、生前の精悍さこそなかったものの、小顔ながら白く安らかな温顔であった。横たわって眠る兜太の棺を前に、真土さん・知佳子夫人と亡くなられる直前の詳しい姿や生前のなつかしい話が続き、あっという間に三時間ほどが過ぎた。もうそろそろお暇（いとま）しなければと帰り支度をはじめていると、玄関に「ごめんください」とひとりの老婦人が現れた。聞けば作家の澤地久枝さんだという。澤地さんといえば例の「アベ政治を許さない」のプラカードを兜太に書かせたその人である。彼女とは遠いむかし、彼女が中央公論の編集者を辞めてすぐ新進気鋭のノンフィクション作家としてデビューしたばかりのころ、何度か会ったことがあった。が、彼女を目の当たりにして、長い歳月の経過をしみじみと実感させられた。

金子兜太は、二〇一五年、「九条の会」の呼びかけ人の澤地さんから、全国の「安全保障関連法案」反対デモのプラカードの文字を書くように依頼されて引き受けた。出来上がった太文字は兜太の体型をそのまま字にしたようなアピール抜群のインパクトがあり、堂々とした主張そのもので大人気を呼んだ。それを見た澤地さんは「あれ、アベはカタカナではないのだけれど――」と質すと、「そんなことはない。安寧が安倍になるなんてとんでもない。むしろいま、安心がどんどん脅かされはじめている世の中になっているので、安倍首相にはこのアベで十分。こんな政権には、カタカナでいい」といった、というエピソードが残されている。

とにかく兜太が南洋のトラック島から終戦を迎えて日本に帰ってきて七十年。彼にとって日本は、またどんどんおかしい方向に向かっている、そんな不安がいっぱいだったのだ。その思いがこのプラカードを書かせた。

さて、金子兜太と私をつないでいるのは、俳句の師・加藤楸邨である。兜太・寒太ふたりとも、俳句ではこの楸邨門である。同門とはいっても、兜太は大正八年（一九一九）、私は昭和十八年（一九四三）生まれ。二十四歳、ふたまわりもの年齢の開きがある。が、誕生日が同じで、ともに九月二十三日生まれなのである。

「そのうち一緒に誕生祝いをやろう」、そう約束しながらずっと延び延びになっていたが、平成二十年九月、とうとう実現した。金子兜太の生誕地、埼玉県秩父の皆野町にバス三台を連ね、百四十人ほどの兜太ファンが集まった。昼食はふるさと名物のうなぎ屋の二階。健啖家の兜太はあっという間にうなぎの蒲焼きを平らげ、まだまだ足りなそうな顔をしていた。それが済むと公園の広場で「秩父音頭」を皆で踊った。兜太はすこぶるご機嫌だった。

その後「兜太・寒太の俳句トーク」が行われて、兜太のトラック島での壮絶な戦争体験の話が続き、参加者を惹きつけた。特に印象に残っているのは「いま、気付いたのですが、実はトラック島へはこの会場の隣の椋神社にお参りして出征したんだ。おふくろの縫ってくれた千人針の腹巻をまいてね。俺が無事に還ってこられたのは、そのおかげかもしれない」。そういって島での体験談に移った。「昭和十九年（一九四四）三月、主計中尉に任命されてトラック島第四海軍施設部に赴いた。翌年は本土との交渉がまったく途絶え、米軍の攻撃は激しくなるばかり、食糧事情は悪化し餓死者が続出した。主計科です

「兜太・寒太の俳句トーク」にて戦争を語った
（平成20年9月23日）

からね、これくらいの食糧なら何人が生きられるか、とかそういう計算はありました。でも、本当に死ぬ人は、実は飢えて死ぬのではない。飢餓に耐えられなくて、毒の魚や食べられない草などについつい手を出して死ぬ人が大半でしたね。また、グラマン戦闘機の機銃放射を受けるんです。戦況が極端に悪化して、武器も弾薬の補給も途絶えた。そんな中で手榴弾実験の暴発で爆死したり、米軍の奇襲攻撃を受けてそれを防いでいると、右の者が動かないなと思って揺り動かすともう死んでいたり、左を見ると手が吹っ飛び足が転がっている。真ん中にいた自分だけが無傷でいる。それは、ただ運がよかっただけでは済まされないですね」と、戦場のすさまじさ、非業の死、食糧難などをつぶさに語り、「このような戦争はもう二度とごめんだ、再び戦争を起こしてはならない。自分は、これからはそんな語り部になって残りの余生を送る覚悟だ」とトークを結んだ。そんな有意義な誕生祝いが終わり、夕刻になって東京方面に帰るわれわれのバスが見えなくなるまで、秋の夕焼けを背に手を振ってくれた兜太の笑顔は、いつまでも残って、消えることがない。

さて、私にはもうひとつ、楸邨・兜太・寒太をつなぐ思い出がある。それは島根県隠岐郡海士(あま)町での、楸邨句碑テープカットの思い出である。加藤楸邨の句碑嫌いは有名な話で、楸邨は句集に序文を書かない、句碑を建てない、自著の出版記念会をしない。この三つを八十歳すぎまでかたくなに守りつづけてきた。それなのに隠岐神社の松浦康麿宮司が「ぜひとも隠岐神社の境内に楸邨句碑を建立したい。それが自分の生涯の悲願である」といい、その説得を兜太に依頼したのである。使者に立った兜太が「楸邨俳句の転機になった隠岐の島をはじめ、全国に楸邨の句碑がひとつもないのはおかしい。ぜひその第一号に隠岐神社境内に句碑を建てて欲しい」と、詰め寄った。だが、楸邨は当然、「そんなものはいらない」と拒否。それでも十数回足を運ぶ兜太に、さすがの楸邨もとうとう折れて、平成四年（一九九二）、ついに全国ではじめての楸邨句碑が建てられたのである。碑に刻まれた句は「隠岐やいま木の芽をかこむ怒濤かな」。

若き楸邨がこの島に渡ったのは昭和十六年（一九四一）のこと。三十四歳の春三月の、木の芽吹くころであった。教員旅行先の伊豆から直行した。楸邨の胸の中には止むに止まれぬものが渦巻いていたからであった。島に渡った理由のひとつは、当時つくっていた俳句と自分の生活との間に乖離が生じてしまっていたこと。もうひとつは研究のこと。このころ楸邨は芭蕉の発想契機についての鑑賞を進めていた。そして「野ざらし紀行」まで来て、はたと筆が止まってしまった。後鳥羽院は業平と並ぶ、平安時代の歌の巨峰であった。それが承久の乱を企てた、ということで孤島・隠岐の島へ配流されたのである。ここから華麗な後鳥羽院の歌が、一気に淋しい孤心の歌に変わってしまった。後鳥羽院の寂しいひとり心を体得しないかぎり、楸邨の自分の俳句も研究も変わらない、そんな切羽詰まった気持ちを抱きつづけていた。それが楸邨の隠岐行きを決心させたのである。暴風の吹き荒れる大雪の中、船酔いしながら散々な目に遭い苦しみつつ、やっとの思いで島に降り立った。楸邨はこの旅で感動し、それが百七十六句の連作の結晶となり、楸邨俳句の転機を生み出したのだ。

さて、句碑除幕式の当時、楸邨は八十五歳の高齢のためすでに車椅子生活を余儀なくされていた。そのために兜太・寒太のコンビで楸邨代理のテープカットとなったのである。ところが、島に渡る直前でハプニングが生じた。境港からいままさに船が出航しようとしていたときのことである。兜太が自分の鞄の中をごそごそと探しはじめたのである。「どうしたんですか?」と問うと、「いやあ、確かこのあたりに乗船切符があったはずなんだ」と探すがそれらしいものは見つからない。ようやく探し当てたときには、船は岸を遥かに離れて見えなくなってしまっていた。島への船は一日何便もあるわけではない。島では名士たちが集まって除幕式の用意をしていたが、我々が着いたころには真っ暗で除幕式どころではなく、式は翌朝に持ち越しとなった。それでもなんとか無事に式が終わり、懇親会も果てようとしていたとき、島の有志から提案があった。「この島は流人の島で名産もなく、観光客もあまり来ない。そこで島おこしの「後鳥羽院俳句大会」を企画したいが兜太先生に発起人になっていただけますか」というのである。兜太は「ああそれはいいことだ。協力しよう」と即座に賛成した。しかし、兜太が大会の選をしたのははじめの二回ほどで、「俺はもう齢をとりすぎた。あとは寒太に任せる。君がやれ」と、後を任されてしまい、以来二十五年、私は楸邨の句碑守のつもりで、毎年欠かさず隠岐の島通いを続けている。三年後には、後鳥羽院が配流されて八百年を迎えるという。それまではなんとか隠岐行きを続けようと思っている。

さて、年譜によれば、金子兜太が加藤楸邨の「寒雷」に投句したのは、昭和十六年から二十六年の十年ほどであろう。十六年七月号に、

懐中燈に現はるゝものみな冬木
冬の海暮れゆくグラス水を盛る

の二句が初入選した。この年の十二月八日、太平洋戦争がはじまった。翌年、

ひぐらしや点せば白地灯の色に
乾草の匂ひに染みて母若し

他、四句が「寒雷集」に見える。兜太は活発に俳論やエッセイを掲載した。十七年九月号に、

嫁ぐ妹と蛙田を越え鉄路越え

この句について楸邨は、「寒雷俳句の動向」で、「『蛙田を越え鉄路越え』はまことに確かな把握と思ふ」と評している。同年二月号は、有名な、

曼珠沙華どれも腹出し秩父の子

を発表、この句について楸邨は、「この句は正に秩父人の句である。作者兜太は都会に学んではゐるが、この句ではこの秩父の子に深い愛情の眼を向けてゐる。『どれも腹出し秩父の子』の詠嘆は曼珠沙華の季感を滲透して息づいてゐる」と評している。

昭和十八年（一九四三）、「寒雷」五月号で兜太はついに巻頭を得る。

炭焼の貌の冬ざれ岩よりも
針金もて雪の杉幹幾縛り
電球に朝陽とどまる雛の部屋

安東次男征く

冬月の簷陰ふかき別れかな

この年の九月、半年繰り上げで東京帝国大学を卒業して、日本銀行に入行。三日で退職し、海軍経理学校訓練を受けた。同じ分隊には村上一郎がいた。出征にあたり、「寒雷」の仲間が奥秩父・強石の二本屋で壮行会を開いてくれた。出席した楸邨がその様子をエッセイ（「寒雷」同年）に書いている。壮行会といっても、何か重くるしい雰囲気で会が進み、終わりに近づくと灯りが消え、再び灯りが灯ると舞台がほんのりと明るく、そこには金子伊昔紅・兜太父子が一衣まとわずの全裸姿で立っていた。やがてゆっくりと「秩父音頭」が流れると、ふたりは生まれたままの姿で踊り終え、舞台を降りた。その感想を楸邨は、エロチックというより、何か崇高な、不思議なものを見たように恍惚とした雰囲気で、その余韻を楽しんでいた。とても美しく、見てはならないものを見た気がした、という。

昭和十九年（一九四四）の三月、主計中尉に任官した。三月はじめ、兜太はトラック島夏島（現・デュブロン）第四海軍施設部に赴任した。

金子兜太が、東京の海軍経理学校での教育訓練を終えたのは二月だった。卒業前に任地の希望をきかれると、「南方第一線」と書いて出した。教官から、「貴様、死ぬぞ」といわれたとき、「ああ、けっこうです」と即答したという。「私が死んでも家には他に五人います」、そうも付け加えた。トラック島へ出発の前夜、「寒雷」の仲間・原子公平を訪ねている。青春時代のいい相棒だった。

翌三月一日、

冬山を父母がそびらに置きて征く

この句を残し、横浜の磯子から二式大艇（飛行機）でトラック島へ向けて出発した。

このころ、中部太平洋の米軍の反攻はさすがにすさまじく、アッツ島に続いてギルバート諸島のマキン、タラワ両島やマーシャル群島のクェゼリン・ルオット両島の守備隊が玉砕した。戦略の再検討を迫られた参謀本部は、昭和二十年まで守勢を堅持し、その間に戦力を培養して、二十一年以降に戦略的攻勢に転ずる、という基本方針を決めざるを得なかった。

特にカロリン諸島のトラック島は、米軍側が「日本の真珠湾」と呼んだ日本海軍の太平洋最大の拠点であった。

昭和十九年二月十五日、旗艦「武蔵」で横須賀に帰港した古賀峯一連合艦隊司令長官は、トラック島の防備強化を進言したが、米軍の反攻速度はそれよりさらに早く、二日後の十七日から二日間、ミッチャー少将率いる米軍五十八機動部隊のべ四十五機がトラック島を九回も空襲した。日本海軍は戦艦四十三隻、航空機二百機をも失った。

さらに二十四日、マーシャル諸島のエニウェトク環礁が陥落した。日露戦争直後から日本海軍が米軍艦隊との決戦場と夢みていたマーシャル諸島は、完全に米軍の支配下に移ってしまった。

金子兜太ら増強部隊が、サイパン島経由でトラック島の一環礁夏島に上陸したときは、島はすでにほとんど壊滅状態だった。海には沈没艦船があちこちに腹を見せ、大油槽数基が焼けただれ、みるも無惨な姿をさらしていた。飛行場には二百機近い零戦の残骸が山と積まれていたものの、まだかろうじて航空基地だけは生きていた。零戦や艦攻、爆撃機があったし、基地のジャングルには魚雷が隠してあり、いつでも雷撃機に搭載できるようにはなっていた。兜太はこのとき、

魚雷の丸胴蜥蜴(とかげ)這い廻りて去りぬ

と、この句がひとつできた。

兜太の所属していた第四海軍施設部は、要塞構築の土建部隊であった。隊員の一万二千人のうちの九割が、自ら応募してきた工員で、中には囚人たちもいた。兜太は、そのうち

の二百人を預かり、軍人の監視付きで滑走路の補修や隧道掘り、さらに宿舎を全部壊しての、山際に小屋を建てる作業などに取り組んでいた。

応急のトラック島防備策としてラバウルの航空を移転することになった。Ｂ24は、毎日定期便のようにやってきた。その空襲下で要塞構築作業が続いたが、彼の預かった工員には入れ墨をした者も多く、平気で人を殺したり、島のカナカ族の女性を強姦したりする者もいて、兜太は毎日作業現場を見廻り、風紀取締りにつとめなければならなかった。

そんな中、士気高揚のための句会が開かれた。ガリ版刷の俳歌誌「筑城」である。椰子の果汁などをすすり、自給自足の薯を食って飢えをしのいだ。

空壕の浮く夕焼へ飛機還れ

椰子の月水汲みの列樹間縫い

古手拭蟹のほとりに置きて糞る

被弾の島赤肌曝し海昏る

これらの句は、兜太がトラック島を去るときに、薄いレターペーパーに細かく書き写し、小さく折り、米軍から支給された石鹸の中に、ていねいに詰めて持ち帰った句である。

金子兜太がトラック島の最後の引揚船、駆逐艦「桐」で帰国の途についたのは、昭和二十一年十一月のことである。それは戦い破れて一年三ヶ月、米軍のためにつくっていた航空基地が完成したからである。引揚船が環礁を抜けきって海へ出たときに振り返ると、夕日の中に、司令部のあった夏島が黒々と浮かんで見えた。その中央には米軍の無差別爆撃で赤茶けた岩肌をムキ出しにしたトロント山があり、そのふもとに戦没者の墓碑があった。兜太は甲板に立ち、その墓碑に別れを告げながら、

　水脈(みお)の果炎天の墓碑を置きて去る

と詠んだ。トラック島守備隊四万二千人の将兵、工員のうち四分の一の一万人以上が戦死した。内地に帰ったら、戦地で死んだ人たちのために頑張ろう、反戦、平和のためにつくし、彼らの非業の死に報いよう、そう兜太は誓った。

十一月二十七日、浦賀に上陸した兜太は、ここで配給品を受け取り、復員手続きを終えると、埼玉県の皆野町の実家に帰った。息子の無事な姿を見た父・伊昔紅は、正座して、

「ご苦労さん」

といって涙を拭いた。母・はるは、

「お前が帰って来ても、医者のあとを継げないからねえ。お父さんはもう医者をやる気がないんだよ」

といった。

帰って早々に、金子兜太は「寒雷」の俳句仲間に会いたくなった。中でも原子公平とは無二の親友であった。公平は兜太に、新しい俳誌「風」が出たことを報告をした。

「君も同人になるといい。『風』は同人誌なんだ。安東も菊池も、もう入っているよ」

と勧めた。兜太や沢木欣一、安東次男、菊池卓夫らは東大時代の仲間であり、一方「寒雷」のライバル同士でもあった。欣一を中村草田男指導の「成層圏」句会に紹介したのは兜太であり、この句会で欣一は次男と知り合った。公平は戦時中もこの焼け残ったアパートで「寒雷」の人たちと接触を続けていて、元山中学以来の親友の欣一は、釜山で終戦を迎えて十月に金沢に復員した。この五月に中西舗土たちの協力で「風」を創刊したこと、次男は東大経済学部を出て勤めた三菱商事を辞め、神戸に引っ込んで和歌・俳諧の古典評釈などに専念していることなど、仲間の詳しい消息を兜太に教えた。

ひと通り歓談が終わると、公平は兜太を案内して神田神保町に「寒雷」の関本有漏路を訪ねた。有漏路は「俳句研究」の七・八月合併号を持ってきて、

「この中の草田男の文章を読んでごらん」

といって兜太に手渡した。横から公平も、

「そうそう、しっかり読んでおけよ。楸邨の戦時中の行為を批判しているんだ」

と、付け加えた。その「芸と文芸—楸邨への手紙」という草田男の文章は、楸邨の主宰する「寒雷」が、戦時中に軍部の勢力者と結びつき、それに便乗して勢力の拡大を図ったとして、楸邨の文芸人、社会人らしからぬ世俗的汚穢（おわい）をなじり、戦後の楸邨の出発がこれらの過誤への深い反省がなければ信用がおけない、そういう内容であった。

兜太はこの文章に草田男の権威主義を感じた。逆に、非難されている楸邨の方に自由を覚えた。兜太が楸邨を師と慕っていたのは、楸邨が指導者めいた物言いをしないからであった。

兜太はこの草田男の文章を読んで急に楸邨に会いたくなり、この夜、公平に案内してもらって、品川の府立第八高等女学校に間借りしている楸邨を訪ねた。

楸邨の仮寓は、煤けた木造部屋の二階の広間の一室だった。部屋の隅にわずかな家財と数冊の書物が積んであるだけだった。その広間の真ん中の火鉢に当たっていた楸邨は、兜太の顔を見ると、愛用の太目のパイプをくゆらせながら、

「とにかく無事でよかった」

と、兜太をねぎらった。そして皆川弓彦（ゆみひこ）や館野喜久雄（たてのきくお）ら戦場で散っていった仲間のことを詳しく話し、

「こうして生き残っている自分が申し訳ない。戦火で焼けたくらい物の数ではない」

と繰り返しいった。兜太は、先ほど読んだ草田男の「手紙」には、まったく触れなかった。

楸邨は、

「草田男さんが十月に主宰誌を出したから、あんたは私に気兼ねなんかしないで、『萬緑』に参加したかったら参加していいんですよ」

といった。

「いえ、私は『寒雷』にいたいと思います。草田男さんの句は好きですが、師となれば先生です」

と、兜太は大きく力強くいった。他人の行為を居丈高に非難する草田男には、なんとなく親しめなかった。兜太は、座談会や回想のエッセイの中で「師は楸邨、句は草田男」が口癖となっていた。当時若者たちの間でも、ファンはこのふたりに分かれていた。兜太が草田男に影響されたのは、チェーホフやその他のヨーロッパという彼の世界がある。楸邨は私小説的でやぼったくあまりにも日本的、という評価だったかもしれない。が、楸邨はその後句集『野哭（やこく）』以降、積極的にヨーロッパを吸収し、晩年はシルクロードなど、果敢（かかん）に異国風土に挑戦しつづけて俳句をつくった。そして、晩年はその体に似合ったたっぷりとした「俳諧」の世界を展開し、秩父の風土に根ざしたアニミズムの兜太の風潮と、ピタリと符号していった。

それに比べると、晩年の草田男の気儘すぎるところが逆に、嫌味にさえなった。八十八歳で没した楸邨は大らかで独自の世界を切り拓いていった。後に朝日新聞の俳句の選者として楸邨と兜太は週一度顔を合わせて選句を楽しむようになった。ふたりは仲睦まじく、まるで父子のように会話していた。

楸邨が平成五年（一九九三）七月三日に永眠。そして、金子兜太も平成三十年に、眠るように逝った。

「おう、金子兜太もとうとうやって来たか」

いまごろ向こうで、楽しい会話をしているかもしれない。

楸邨・兜太・寒太の不思議な縁（えにし）を、いまつくづくと感じ、振り返っている。

兜太の戒名は、海程院太航句極居士である。

# ［金子兜太略年譜］

**大正8（一九一九）**
9月23日、埼玉県小川町の母の実家にて出生。父・元春（俳号・伊昔紅）、母・はるの第一子。以後、同県皆野町で育つ。父は、東亜同文書院の校医として上海に在住。

**大正10（一九二一）　2歳**
母とともに上海勤務の父のもとに移る。4歳までの2年間を過ごす。

**大正15（一九二六）　7歳**
父、上海より帰国し、秩父・国神村で医院を開業。隣り町の皆野小学校に入学。

**昭和3（一九二八）　9歳**
父の医院が皆野町に移る。祖父母、叔母らと同居。

**昭和5（一九三〇）　11歳**
夏休みに房総御宿の父の知人宅で過ごす。父、俳誌「若鮎」創刊。秩父盆踊の普及に尽力。

**昭和7（一九三二）　13歳**
埼玉県立熊谷中学校（現・県立熊谷高等学校）に入学。

**昭和12（一九三七）　18歳**
旧制水戸高等学校文科乙類に入学。柔道部に所属。11月、一年上級の出沢珊太郎（俳号・三太）の勧めで句会に出席。初めての句〈白梅や老子無心の旅に住む〉を作り、作句開始。

**昭和13（一九三八）　19歳**
全国学生俳句誌「成層圏」に参加。竹下しづの女・加藤楸邨・中村草田男を知る。

**昭和14（一九三九）　20歳**
「俳句研究」中村草田男選に入選。

昭和15（一九四〇） 21歳

浪人し、東京の父の従弟方に下宿。島田青峰主宰の「土上」2月号より投句開始。〈葡萄の実みな灯を持ってゐる快談〉ほか3句掲載。「俳句研究」7月号の中村草田男選で巻頭を取る。〈春の風邪おのが体臭にくるまり寝る〉ほか掲載。中村草田男を囲む赤坂・山の茶屋の「成層圏」句会常連となり、堀徹を知る。

昭和16（一九四一） 22歳

東京帝国大学経済学部に入学。加藤楸邨主宰「寒雷」7月号より投句開始。〈懐中燈に現はるゝものみな冬木〉ほか掲載。この年、島田青峰が治安維持法違反の容疑で逮捕される（新興俳句弾圧事件）。

昭和18（一九四三） 24歳

9月、大学を半年繰り上げで卒業。日本銀行に入行するも3日で退職。海軍主計短期現役として、品川の海軍経理学校で訓練を受ける。「寒雷」の俳友による壮行会が、奥秩父・強石の二木屋で開かれる。楸邨出席。

昭和19（一九四四） 25歳

3月、主計中尉に任官。トラック島夏島（現・デュブロン）第四海軍施設部に赴任。サイパン島陥落。矢野中佐戦死。

昭和20（一九四五） 26歳

米軍の来襲激しく、本土との交通はほぼ断絶。食糧事情は悪化し、栄養失調者続出。年初、秋島（現・フェファン）に移動して、食糧自給態勢を図るも成らず。全島虚無状態のうちに敗戦。

昭和21（一九四六） 27歳

米軍の捕虜となり春島（現・エモン）の米航空基地建設に従事。11月、最後の引揚船駆逐艦「桐」で復員。

昭和22（一九四七） 28歳

2月、日本銀行に復職。4月、塩谷みな子（俳号・皆子）と結婚。「寒雷」に復帰。沢木欣一が創刊した「風」に参加。浦和に住む。

昭和23（一九四八）29歳
日本銀行従業員組合代表委員となる。堀徹と俳句同人誌「青銅」を発行（2号で終刊）。長男・真土誕生。堀徹、病没。

昭和24（一九四九）30歳
日本銀行従業員組合の専従初代事務局長に就任し、組合活動に専従。埼玉県竹沢村（現・小川町）に転居。

昭和25（一九五〇）31歳
田川飛旅子、青池秀二とともに合同句集『鼎』（七洋社）を刊行。埼玉県志木町（現・志木市）に転居。レッドパージの影響で組合を退かされ、福島支店に転勤。

昭和28（一九五三）34歳
9月、神戸支店に転勤。大阪の「天狼」の大会に出席、新興俳句の諸先輩を知る。

昭和29（一九五四）35歳
金沢の「風」大会で大野林火・秋元不死男・鈴木六林男とともに講演。社会性俳句が興りつつあった折、「風」は11月号で社会性についてのアンケートを実施。「社会性は作者の態度の問題である」とした兜太の回答が話題となる。

昭和30（一九五五）36歳
10月、第一句集『少年』（風発行所）刊。

昭和31（一九五六）37歳
「寒雷」の東京大会で講演。その際はじめて「造型」の語を用いる。『少年』により現代俳句協会賞受賞。このころより俳句専念を志す。

昭和32（一九五七）38歳
この頃より、社会性俳句に関連して、対象と自己との間に「創る自分」を設定することを主張した「造型論」を展開しはじめる。「俳句」に、三鬼のすすめで「俳句造型について」を書く。

昭和33（一九五八）39歳
長崎支店に転勤。「俳句研究」2月号に高柳重信と往復書簡「俳句の造型について」執筆。

昭和34（一九五九）40歳

九州現代俳句協会発足に参加。

昭和35（一九六〇）41歳

東京の日本銀行本店に転勤。杉並区沓掛町に住む。

昭和36（一九六一）42歳

代表的評論「造型俳句六章」を「俳句」に6回連載。朝日新聞紙上で中村草田男と論争。7月、第二句集『金子兜太句集』（風発行所、のち邑書林句集文庫に収録）刊。「前衛俳句」という呼称が定着しつつあった折、「俳句研究」11月号「前衛の渦のなか」で高柳重信と対談。この頃、高柳とともに前衛俳句の旗手と目された。12月、現代俳句協会分裂、俳人協会が発足することになった。

昭和37（一九六二）43歳

「俳句」1月号に草田男との往復書簡「現代俳句の問題」、3月号に「再び、草田男氏へ」と書く。4月、同人誌として「海程」を創刊。

昭和38（一九六三）44歳

岡井隆との共著『短詩型文学論』（紀伊國屋書店）刊。「造型俳句六章」を書き直した「俳句論」を収める。

昭和40（一九六五）46歳

『海程合同句集』出版。第1回「海程」全国同人会を開催。『短詩型文学論』の骨子を一般読者向けに説いた『今日の俳句』（光文社カッパブックス）刊。

昭和42（一九六七）48歳

5月、青森県へ。「人体冷えて東北白い花盛り」を書く。埼玉県熊谷市に転居、初めて自家を得る。

昭和43（一九六八）49歳

4月、第三句集『蜿蜿』（三青社）刊。

昭和44（一九六九）50歳

この頃より、兜太変節、後がえり（伝統回帰）の批判が起こり、反論。「社会性と存在」を「俳句研究」に執筆。

|  |  |  |
|---|---|---|
| 昭和45(一九七〇) | 51歳 | 郷里・皆野中学校の校歌を作詞。10月、『定型の詩法』(海程社)刊。 |
| 昭和46(一九七一) | 52歳 | 「海程」創刊10周年全国俳句大会開催。「定住漂泊」を「週刊読書人」に執筆。 |
| 昭和47(一九七二) | 53歳 | 10月、評論集『定住漂泊』(春秋社)、11月、第四句集『暗緑地誌』(牧羊社)刊。 |
| 昭和48(一九七三) | 54歳 | 「蕪村・良寛・一茶」(『日本の古典22』河出書房新社)に「一茶句集評釈」を収載。この年、一茶や山頭火関係でテレビ・雑誌の座談会に多数出席する。 |
| 昭和49(一九七四) | 55歳 | 「海程」１００号記念特集号。7月、第五句集『早春展墓』(湯川書房)、8月、『種田山頭火』(講談社現代新書)、11月、『詩形一本』(永田書房)刊。長男・真土が星野知佳子と結婚。日本銀行を定年退職。上武大学教授となる。 |
| 昭和50(一九七五) | 56歳 | 6月、『金子兜太全句集』(立風書房)に未刊の初期句集『生長』および第六句集『狡童』を収録して出版。 |
| 昭和51(一九七六) | 57歳 | 「海程」15周年記念大会を開催。 |
| 昭和52(一九七七) | 58歳 | 6月、第七句集『旅次抄録』(構造社)刊。9月、父・伊昔紅、死去。 |
| 昭和54(一九七九) | 60歳 | 秩父俳句道場はじまる。上武大学教授を辞する。 |
| 昭和55(一九八〇) | 61歳 | 大野林火を団長とする第1回俳人訪中団に加わる。9月、『小林一茶――〈漂鳥〉の俳人』(講談社現代新書)刊。 |
| 昭和56(一九八一) | 62歳 | 9月、第八句集『遊牧集』(蒼土舎)刊。 |

昭和57(一九八二) 63歳
7月、第九句集『猪羊集』(現代俳句協会)刊。「海程」創刊20周年記念大会を開催。

昭和58(一九八三) 64歳
死去した横山白虹の後を受けて現代俳句協会会長に就任。12月、『一茶句集』(岩波書店)、『漂泊三人――一茶・放哉・山頭火』(飯塚書店)刊。角川俳句賞選考委員となる。

昭和59(一九八四) 65歳
「わが戦後俳句史」を「海程」に連載開始。

昭和60(一九八五) 66歳
中国訪問。6月、一茶の研究から想を得た第十句集『詩經國風』(角川書店)刊。名古屋での「海程」同人総会において従来の同人代表から主宰となる。『わが戦後俳句史』刊。

昭和61(一九八六) 67歳
カナダ訪問。12月、朝日俳壇選者となる。第十一句集『皆之』(立風書房)刊。

昭和62(一九八七) 68歳
中国訪問。9月、『小林一茶――句による評伝』(小沢書店)刊。

昭和63(一九八八) 69歳
11月、紫綬褒章受章。皆子、現代俳句協会賞受賞。

平成元(一九八九) 70歳
歌人・俳人訪中団の一員として、中国訪問。「お～いお茶新俳句大賞」の審査員に就任。7月、『現代俳句歳時記』(編著)刊。

平成2(一九九〇) 71歳
ドイツ俳人と交流のためドイツ・フランクフルト訪問。

平成3(一九九一) 72歳
3月、自選句集『黄』(ふらんす堂)刊。中国の俳人、林林氏を招き、秩父を案内。

平成4(一九九二) 73歳
トルコ訪問。7月、「海程」30周年記念大会を開催。日中文化交流協会常任理事に就任。

平成5（一九九三）　74歳
7月、師・加藤楸邨死去、八十八歳。現代俳句協会訪中団団長としてシルクロードの旅へ。

平成6（一九九四）　75歳
バリ島へ。勲四等旭日小綬章受章。芭蕉没後３００年記念日独俳句大会出席のためドイツ・ケルン訪問。

平成7（一九九五）　76歳
12月、第十二句集『両神』（立風書房）刊。

平成8（一九九六）　77歳
『両神』により日本詩歌文学館賞受賞。第1回日中漢俳俳句交流会に出席するため中国訪問。

平成9（一九九七）　78歳
ＮＨＫ放送文化賞受賞。

平成11（一九九九）　80歳
1月、『俳句専念』（ちくま新書）刊。「俳句フェスティバル」に出席のためドイツ訪問。

平成12（二〇〇〇）　81歳
11月、『漂泊の俳人たち』（ＮＨＫライブラリー）刊。現代俳句協会名誉会長に就任。

平成13（二〇〇一）　82歳
第1回現代俳句大賞受賞。3月、第十三句集『東国抄』（花神社）、4月、『他流試合　兜太・せいこうの新俳句鑑賞』（いとうせいこうとの共著・新潮社）刊。

平成14（二〇〇二）　83歳
『東国抄』により第36回蛇笏賞を受賞。「海程」創刊40周年記念大会を開催。筑摩書房より主要な著述を収録した『金子兜太集』（全四巻）刊。

平成15（二〇〇三）　84歳
11月、日本芸術院賞を受賞。

平成16（二〇〇四）　85歳
母・はる、１０４歳で逝去。

平成17（二〇〇五）86歳
日本芸術院会員に任命される。

平成18（二〇〇六）87歳
妻・みな子、81歳で逝去。チカダ賞（主催・スウェーデン）受賞。

平成19（二〇〇七）88歳
10月、『酒止めようかどの本能と遊ぼうか─俳童の自画像』（中経出版）刊。

平成20（二〇〇八）89歳
文化功労者に選ばれる。第3回正岡子規国際俳句大賞を受賞。

平成21（二〇〇九）90歳
皆野町名誉町民、熊谷市名誉市民となる。6月、第十四句集『日常』（ふらんす堂）刊。

平成22（二〇一〇）91歳
菊池寛賞、毎日芸術賞特別賞。また『日常』により小野市詩歌文学賞受賞。

平成24（二〇一二）93歳
「海程」創刊50周年。5月、『兜太自選自解99句』（角川学芸出版）、6月、『荒凡夫一茶』（白水社）刊行。

平成26（二〇一四）95歳
6月、『語る 兜太─わが俳句人生 金子兜太』（聞き手 黒田杏子・岩波書店）、10月、『私はどうも死ぬ気がしない』（幻冬舎）、12月『他界』（講談社）刊。

平成28（二〇一六）97歳
8月、『あの夏、兵士だった私』（清流出版）刊。

平成29（二〇一七）98歳
『存在者 金子兜太』（黒田杏子編著・藤原書店）刊。現代俳句協会70周年記念式典に出席。特別功労者表彰。

平成30（二〇一八）
1月8日入院、その後入退院をくり返し、2月6日、熊谷市内の病院に誤嚥性肺炎がきっかけで入院。2月20日、急性呼吸促迫症候群により98歳で逝去。

[出典・参考文献 一覧]


（一）全集

金子兜太集 第一巻 全句集 筑摩書房 第二巻 小林一茶 筑摩書房
第三巻 山頭火・秩父山河 筑摩書房 第四巻 わが俳句人生 筑摩書房

（二）句集

『成長』後記 『少年』後記 『金子兜太集』後記 『蜿蜿』後記 『暗緑地誌』後記 『早春展墓』後記
『狡童』『金子兜太句集』後記 『旅次抄録』後記 『遊牧集』後記 『猪羊集』後記 『詩經國風』後記
『皆之』後記 『黄』後記 『両神』後記 『東国抄』後記 『日常』後記

（三）単行本

『短詩型文学論』金子兜太・岡井隆 紀伊国屋書店
『今、日本人に知ってもらいたいこと』金子兜太・半藤一利 ＫＫベストセラーズ
『語る兜太』金子兜太・聞き手 黒田杏子 岩波書店
『いま、兜太は』金子兜太・青木健編 岩波書店
『語る 俳句・短歌』金子兜太・佐佐木幸綱 藤原書店
『金子兜太・いとうせいこうが選んだ平和の俳句』小学館
『私はどうも死ぬ気がしない』金子兜太 幻冬舎
『存在者 金子兜太』金子兜太・黒田杏子編 藤原書店
『証言・昭和の俳句上』聞き手 黒田杏子 角川書店
『金子兜太養生訓』黒田杏子 白水社
『わたしの骨格「自由人」』金子兜太・インタビュー・撮影蛭田有一 ＮＨＫ出版
『悩むことはない』金子兜太 文藝春秋
『他界』金子兜太 講談社
『あの夏、兵士だった私 96歳、戦争体験者からの警鐘』金子兜太 清流出版
『日本行脚 俳句旅』金子兜太・正津勉構成 アーツアンドクラフツ
『いきいき健康「脳活俳句」入門』石寒太・谷村鯛夢 ペガサス
『五七五の力 金子兜太と語る』石寒太編 毎日新聞社

『ゼロから始める人の俳句の学校』実業之日本社編　実業之日本社
『金子兜太の俳句入門』金子兜太　実業之日本社
『３６５日で味わう美しい日本の季語』金子兜太監修　誠文堂新光社
『３６５日で味わう美しい季語の花』金子兜太監修　誠文堂新光社
『金子兜太自選自解99句』金子兜太　角川学芸出版
『俳句を訊く　村上護と25人の俳人たち』村上護編　邑書林
『現代の俳人１０１』金子兜太編　新書館
『現代俳句評論史』村岡潔　角川書店
『俳句の旗手　戦中戦後俳壇史』山田春生　駒草書房
『現代俳句ハンドブック』坪内稔典・夏石番矢　雄山閣
『子ども俳句歳時記』金子兜太・沢木欣一監修　蝸牛社
『俳諧大辞典』明治書院
『俳童愚話』金子兜太　北洋社
『定住漂泊』金子兜太　春秋社
『愛句百句』金子兜太　講談社
『流れゆくものの俳諧』金子兜太　朝日ソノラマ
『漂泊三人――一茶・放哉・山頭火』金子兜太　飯塚書店
『詩型一本』金子兜太　永田書店
『放浪行乞』金子兜太　集英社
『二度生きる』金子兜太　チクマ秀版社
『現代俳句歳時記』全五巻　現代俳句協会編

（四）文庫・新書

『今日の俳句　古池の「わび」より海の「感動」へ』金子兜太　光文社　知恵の森文庫
『わが戦後俳句史』金子兜太　岩波新書
『定型の話法』金子兜太　海程社
『小林一茶――〈漂鳥〉の俳人』金子兜太　講談社現代新書
『俳句専念』金子兜太　ちくま新書

（五）ビデオ

『映像による現代俳句の世界』第6巻　加藤楸邨・金子兜太　ビクター

（六）雑誌・新聞

「金子兜太の世界」『俳句』編集部編　角川学芸出版
「俳句αあるふぁ」金子兜太特集　毎日新聞出版
「和の心　日本の美」　文藝春秋特別版
「美しい日本話し言葉の力を身につける」文藝春秋特別版
「俳句のある人生」「くりま」　文藝春秋
「現代ＨＡＩＫＵ彩時記」毎日グラフ別冊　毎日新聞社
「鳩よ―山頭火と放哉」　マガジンハウス
「墨　小林一茶特集」対談金子兜太・井上ひさし　東西書房
「寒雷」創刊70周年特別号　寒雷発行所
「寒雷」加藤楸邨追悼特集号　寒雷発行所
「寒雷」創刊50周年記念号　寒雷発行所
「寒雷」五〇〇号記念特別号　寒雷発行所
「寒雷」六〇〇号記念特別号　寒雷発行所
「寒雷」加藤楸邨生誕百年記念特別号　寒雷発行所
「風・社会性へのアンケート」　風発行所
「海程　定型の詩法」　海程発行所
「海程」創刊二〇周年記念号　海程発行所
「海程」創刊三〇周年記念号　海程発行所
「俳句αあるふぁ　追悼　金子兜太」毎日新聞出版
「俳句　追悼金子兜太」　角川文化振興財団
「俳句界」金子兜太追悼　文學の森
「俳句四季」１００人が読む金子兜太　前編・後編　東京四季出版
「俳壇」金子兜太追悼　本阿弥書店
「東京新聞」平和の俳句
「朝日新聞」「毎日新聞」「読売新聞」　兜太の最後の九句

石寒太（いし・かんた）

一九四三年、静岡生まれ。本名、石倉昌治。

一九六九年、雑誌「寒雷」に入会、加藤楸邨に俳句を学ぶ。元「俳句αあるふぁ」編集長。

現在、雑誌「炎環」主宰、毎日文化センター・朝日カルチャーセンター・NHK俳句教室講師。日本文藝家協会・近世文学会・俳文学会・現代俳句協会会員。

著書に、句集『あるき神』『炎環』（花神社）『翔』『石寒太句集』『生還す』『以後』（ふらんす堂）『夢の浮橋』（光書房）『風韻』（紅書房）、評論・随筆に『山頭火』『こころの歳時記』『いのちの一句　がんと向き合う言葉』（毎日新聞）『尾崎放哉―ひとりを生きる』（北溟社）『山頭火の世界』『俳句日歴』『宮沢賢治の俳句』（PHP研究所）『わがこころの加藤楸邨』『ケータイ歳時記』（紅書房）『「歳時記」の真実』（文春新書）『俳句はじめの一歩』『おくのほそ道謎解きの旅』『芭蕉のことばに学ぶ俳句のつくり方』（リヨン社）『心に遺したい季節の言葉』（KKベストセラーズ）『仏教俳句歳時記』（大法輪閣）『芭蕉の晩年力　求めない生き方』（幻冬舎）『芭蕉の名句・名言―読んで、聞いて、身体で感じる』（日本文芸社）『命の一句』『恋・酒・放浪の山頭火　没後七十年目の再発見』（徳間書店）『吉行あぐり102歳のことば』（ホーム社）『宮沢賢治　祈りのことば』（実業の日本社）『加藤楸邨の100句を読む』『宮沢賢治の全俳句』（飯塚書店）『よくわかる俳句歳時記』（ナツメ社）『宮沢賢治幻想紀行』『宮沢賢治の言葉』（求龍堂）など多数。

# 金子兜太（かねことうた）のことば

印刷　2018年5月15日
発行　2018年5月30日

編著者　石寒太（いしかんた）

発行人　黒川昭良
発行所　毎日新聞出版
〒102-0074
東京都千代田区九段南1-6-17 千代田会館5階
営業本部　03(6265)6941
図書第一編集部　03(6265)6745

装幀　井上則人
本文割付　土屋亜由子（井上則人デザイン事務所）
編集協力　鈴木忍（朔出版）
写真提供　金子真土
蛭田有一
毎日新聞社

印刷・製本　中央精版印刷株式会社


ISBN978-4-620-32523-1